Ingolf Gillmann

Mein Hund Rudi

Das Buch

Bild und Heimat

Danke, Danke, Danke

Nina Gillmann, die Rudi jeden Morgen bürstet und ihm den Schlaf aus den Augen wischt; die für seine gesunde Ernährung sorgt und somit auch dafür, dass er seit fünf Jahren sein Idealgewicht (9,5 Kilo) hält; die Stöckchen wirft, obwohl sie gar nicht werfen kann; die ihm in monatelangem Training die Angst vorm Autofahren genommen hat; die nicht müde wird, ihn jeden Morgen vom Bett zu scheuchen, zu scheuchen, zu scheuchen. Und – und das ist jeden Tag wieder der Hammer! – Nina hat erkannt, dass für diesen Cockerpoo nur ein Name in Frage kommen kann: Rudi. Nur Dank Nina gibt es also einen Rudi.

ISBN 978-3-95958-090-8

1. Auflage

Umschlaggestaltung: BEBUG mbH / Bild und Heimat, Berlin
Umschlagfoto: SUPERillu
Druck und Bindung: GGP Media GmbH, Pößneck

In Kooperation mit der SUPERillu

www.superillu-shop.de

Für Josefine, Paulina und Frida

Alles super!

Wann haben Sie zuletzt mit einem Wesen zusammengewohnt, das sich bei Ihrer Heimkehr wegwirft vor Freude, egal wie müde oder mürrisch Sie die Haustür schließen? Ein Wesen, das Ihre Macken so klaglos hinnimmt wie Regen? Ein Wesen, das keinen Alkohol braucht zum Fröhlichsein, nur Wasser? Ein Wesen, das sich begeistert auf Ihr Essen stürzt? Und schnarcht dieses einzigartige Wesen, halten Sie ihm nicht genervt die Nase zu. Sondern nehmen das Schnarchchchgerräuschchch mit Ihrem Handy auf. Habe ich kürzlich getan, Rudis Schnarchen aufgenommen. Wollte außer mir kein Mensch hören.

Mit Schnarchgeräuschen, wie zauberhaft auch immer sie klingen mögen, kann man bei Hundeschauen nichts holen. Beim letzten Wettbewerb, den Rudi und ich aus der Ferne beobachtet haben, siegte ein Jack Russelbaby namens Lotte. Lottes Frauchen war vom Urteil der Jury »total überrascht«. Überrascht? Wieso das denn bitte!? Dachte die Frau etwa, ihre Lotte sei höchstens Durchschnitt, andere Hunde seien viel klüger, hübscher, lebendiger als ihre Lotte? Also ich wäre kein bisschen überrascht, würde Rudi einen Hundewettbewerb gewinnen! Dazu wird es nie kommen, weil ich denke, dass kein anderer Hund Rudi das Wasser reichen kann. Es wäre gegenüber den anderen einfach unfair. Denn Rudi ist ein so hübscher, so kluger und so über die Maßen freundlicher kleiner Kerl, da könnte die Konkurrenz nur noch den Schwanz einziehen. Finde ich.

Sie finden, Ihr Hund sei noch viel hübscher, klüger und freundlicher als Rudi? Dazu kann ich nur sagen: Das will ich auch hoffen, dass Sie so denken. Und sollten Sie auf die Idee kommen, das Schnarchen Ihres Hundes mit Ihrem Handy aufzunehmen –

nur zu! In mir werden Sie einen interessierten Zuhörer finden. Und eins kann ich Ihnen heute schon versprechen: Das Schnarchen Ihres Hundes wird nicht so zauberhaft klingen wie Rudis Chrchrchrch. Aber ganz sicher wird mich das Schnarchen mehr beeindrucken als der Gesang eines Bohlen-Superstars.

Süß wie eine Babysocke

Wer Rudi zum Freund hat, hat einen Freund fürs Leben. Wer Rudi zum Feind hat, hat nichts zu befürchten. Denn Rudi fürchtet sich vor allem, was sich bewegt – aber keinen Pulsschlag hat. Der Schrecken fährt ihm in die Knochen bei baumelnden Einkaufstüten; bei Flaschen, die über den Boden rollen; und wenn Fahnen plötzlich anfangen, im Wind zu tanzen, macht Rudi einen Sprung. Manchmal sogar auf den Fahrradweg. Muss dann ein Fahrradfahrer bremsen, kann sich Rudi dermaßen erschrecken, dass er aus dem Stand einen Salto macht. Mit dieser Nummer könnten wir im Fernsehen auftreten, wären dort nicht diese Kameras, die auf Rudi zufahren, damit auch der letzte Zuschauer sehen kann, dass Rudis Gesicht niedlicher ist als eine Babysocke. Und damit kurz zu Ihnen, liebe Leser.

Sollten Sie keine Babysocken mehr in der Schublade haben, weil Ihre Kinder schon zu groß sind, dann kaufen Sie sich ein Paar Babysocken. In Rosa oder Hellblau, mit oder ohne Gumminoppen an der Sohle – Hauptsache winzig. Sie werden sehen: Der Anblick von Babysocken holt Sie von jeder Palme. Duften sie zudem nach Blumenwiese, entspannen Babysocken nachhaltiger als eine Yoga-Stunde. Klar, in ein Kaminfeuer oder Aquarium zu starren, beruhigt auch die Sinne. Aber weder Kaminfeuer noch Aquarium können Sie in die Tasche stecken und mitnehmen. Babysocken schon. Wo auch immer Sie Gefahr laufen, in die Luft zu gehen, nehmen Sie kurz Ihre Babysocke – und Ihr Ärger verzieht sich wie eine Regenwolke. Moment, wie bin ich jetzt auf Babysocken gekommen? Weil Rudis Gesicht so niedlich und beruhigend ist.

Übrigens: Auch Rudi mag Socken, ob kleine oder große, das ist ihm egal. Nachdem er sie fünfzehn bis zwanzig Minuten hin- und hergeschüttelt hat wie ein Wolf seine Beute, trägt er sie in seine Lieblingsecke, vergräbt seinen Kopf in der Socke und schläft ein wie ein, genau: Baby.

Wir Morgenmuffel

Einer der Gründe, warum Rudi und ich uns so gut verstehen, ist dieser: Wir sind beide eingefleischte Morgenmuffel! Nichts und niemand kann uns dazu bringen, morgens etwas anderes zu tun als: aufstehen, um zur Couch zu schlurfen. Rudi ist in seiner Morgenmuffeligkeit noch etwas konsequenter als ich. Denn ich mache mir auf dem Weg zur Couch noch einen Espresso, den ich lustlos runterkippe. Rudi hingegen gähnt höchstens durch die Terrassentür den Garten an, bevor er sich auf der Couch zusammenrollt und auf mich wartet. Da liegen wir dann, als hätten wir die ganze Nacht Brötchen gebacken und planen still die nächsten Schritte in den Tag, der, so scheint's uns, nicht enden will.

So nach zehn, fünfzehn Minuten sage ich: »Na dann wollen wir mal.« Beim nun folgenden zweiten Aufstehen kommt es zum ersten herzhaften Strecken meinerseits. Rudi hebt sich das Strecken fürs Bad auf, fürs Bürsten. Denn das folgt nun an jedem Morgen, den der liebe Gott werden lässt. Ich gehe ins Bad, versuche beim Blick in den Spiegel an nichts Böses zu denken und rufe: »Rudi, komm bürsten!« Und jeden Morgen kann ich es wieder nicht glauben, dass Rudi tatsächlich kommt, und zwar augenblicklich. Als hätte ich die Leckerli-Dose geschüttelt, was ich immer dann tue, wenn kein Rufen, kein Flehen, keine Drohung ihn zum Kommen bewegt. Ich höre also Rudis Tippeln in der Diele, kurz darauf erscheint sein Kopf in der Badezimmertür, und wenn er dann die Bürste in meiner Hand sieht, streckt er sich wie ich nach getaner Arbeit.

Rudi liebt es, morgens gebürstet zu werden: erst den Rücken, dann die Beine, den Bauch, die Schlappohren außen, die Schlappohren innen. Nur auf das Bürsten seines Schwanzes hat er nicht sooo Lust. Ansonsten gehört die Morgentoilette für ihn zum Best-of des Tages. Getoppt werden kann das nur von frischem Fleischfutter und einem anderen Hund. Nun mal kurz Hand aufs noch müde Herz: Rudi mag mich, doch sein Fressen und andere Hunde mag er mindestens genauso gern. Aber vielleicht ist das auch nur ein Morgenmuffelgedanke, der sich nach dem zweiten Espresso schon verzieht.

Rudi jedenfalls verzieht sich nach dem Bürsten, allerdings geht er nicht weit. Er legt sich vor die Badezimmertür und guckt mir beim Zähneputzen und Rasieren zu. Und wartet darauf, dass die Lebensgeister in meinen Körper strömen. So dass wir endlich rausgehen können, die Straße hoch, neuen Abenteuern entgegen.

Von Goldfischen und Hunden

Der thüringische Volksmund sagt: »Ein Sonntag ohne Klöße verlöre viel von seiner Größe.« Rudi und ich haben's Sonntagmittag eher mit frischer Luft als mit Kohldampf und sagen deshalb: »Ein Sonntag ohne Gassi gehen wär' gar nicht scheen.« Übrigens irrt der Volksmund, wenn er sagt, es gäbe ein Wetter, bei dem man keinen Hund vor die Tür schickt. Regnet es, schüttelt sich Rudi die Tropfen aus dem Fell; ist es heiß, lässt er die Zunge aus seinem Maul hängen. Morgens, mittags, abends eine Stunde raus – und Rudi ist glücklich wie ein Schmetterling. Und ist Rudi froh, bin ich es auch. Was eigentlich blöd ist.

Denn früher konnte ich ohne Rudi sein; heute kann ich mir ein Leben, ein schönes Leben, ohne Rudi nicht mehr gut vorstellen. Ich habe schon ein bisschen ein schlechtes Gewissen, wenn ich ihn für zwei oder drei Stunden allein lasse, weil ich ins Kino gehe. Und wenn sich der Film dann noch als Mist erweist, denke ich: Die Zeit hätte ich besser mit Rudi verspaßen können.

Leute, ich sage euch, mit Hunden ist es wie mit Kindern. Einerseits schenken sie einem ein nie gekanntes Gefühl der Liebe und des Glücks. Andererseits bringen sie Angst und Sorgen, die man ohne sie nicht hätte. Sollte sich der Mensch also lieber einen Goldfisch anschaffen, der gefühlsmäßig anspruchsloser ist und den man ruhig auch mal anschreien kann, weil er sowieso alles innerhalb von drei Sekunden vergisst? Na ja, genauso gut könnte ich mich fragen, kaufe ich mir jetzt einen Schinken oder lieber ein Paar Gummistiefel?

Nein, unterm Strich ist Rudi schon mehr Geschenk als Bürde. Muss ich halt aufpassen, dass ihm nichts passiert. Flieg ich halt nicht nach Mallorca, sondern fahr mit ihm an die Ostsee. Rück ich halt ein Stück auf der Couch, wenn er sich hinter mich legt, weil er sich vor dem Staubsauger fürchtet. Und wenn es am Sonntag regnet, gehen wir trotzdem raus – warum auch groß aufregen, das Meiste geht ja doch daneben.

Rudi zeigt mir, dass wir raus müssen, Rudi bestimmt die Urlaubsziele, Rudi teilt den Platz auf der Couch ein, Rudi entscheidet, was er frisst und was ich nicht mehr servieren muss. Soll er! Allein wie er den Kopf schieflegt, wenn ich ihn anknurre – das kann kein Goldfisch.

Der Balljunge

Kein Junge würde davon träumen, Fussballprofi zu werden, ginge es nur darum, einem Ball hinterherzulaufen. Rauf und runter, kreuz und quer, bis jemand den Ball nimmt und so das Spiel für heute beendet. Nein, am Ende der ganzen Rennerei müssen Geld und Ruhm stehen und Fans, die seinen Namen schreien. Laufen ohne Belohnung läuft nicht.

Bei Rudi scheint schon das Laufen die Belohnung zu sein. Wenn ich nur den roten, eiförmigen Ball aus der Tasche hole, rastet Rudi aus. Wie er dann vor mir herhüpft, Leute, ich kann euch sagen, dagegen ist jeder Duracell-Hase eine lahme Ente. Wenn ich dann diesen roten, eiförmigen Ball werfe, der so unkontrolliert springt, dass Rudi in der Luft ins Leere schnappt, sich nach der Landung überschlägt, die Jagd fortsetzt, als sei nichts passiert, den Ball endlich erreicht und zurückbringt – in diesen rasenden Momenten frage ich mich immer und immer wieder: Was geht in

Rudis Kopf vor? Ist dieses Ballspiel nicht zu stumpfsinnig für so ein rundum aufgewecktes Kerlchen? Soll ich das Spiel beenden, egal wie viel Spaß es ihm macht? Im Übrigen: Dass der Ball rot ist, ist egal. Denn Rudi leidet wie jeder Hund an Dyschromatopsie. Klingt böse, ist aber nur eine Rot-Grün-Blindheit. Als ich von dieser Sehschwäche noch nichts wusste, konnte ich nicht begreifen, dass Rudi einen im Gras ruhenden knallroten Ball nicht sofort entdeckte, sondern erst erschnüffeln musste.

Ups, jetzt habe ich mich verrannt. Zurück also zu Rudi und seiner, wie mir scheint, sinnlosen Rennerei. Die ihn tatsächlich schon rasend macht, bevor der Ball meine Hand verlassen hat. Kein Leckerli, kein anderer Hund kann ihn in dieser Phase ablenken. Der komplette Rudi steht dann im Startloch. Lauernd und zitternd. Um seine nervöse Angespanntheit ein bisschen in den Griff zu bekommen, sucht er sich ein Stöckchen, auf dem er so lange herumkaut, bis ich den Ball werfe.

Ist Rudi ein verwunschenes Rennpferd? Wer weiß! Näher liegt allerdings der Gedanke, dass der kleine Rudi über einen ausgeprägten Jagdtrieb verfügt. Komischerweise überkommt ihn dieser aber nur bei Bällen und Stöckchen. Nie bei Fahrradfahrern und Joggern. Glück gehabt? »Ja«, sagen so manche Experten, »weitermachen!« »Ja, aber«, sagen die anderen. Und bringen Verblödung und Sucht ins Spiel. Schließlich seien Hunde, wie wir Menschen, nicht bloß zum Vergnügen auf der Welt.

Hmm, warum eigentlich nicht? Darüber werde ich jetzt mal nachdenken. »Komm, alter Balljunge, es geht wieder los!«

Ein Kavalier und Gentleman

Rudi hat gefunden, was ich bei mir seit Jahren suche: die innere Mitte. Diese Mitte lässt ihn nachts einschlafen, ohne sich Sorgen ums Morgen zu machen. Diese Mitte schenkt ihm eine Ruhe und Gelassenheit, für die wir Menschen ein halbes Leben lang Yoga-Kopfstand machen müssen. Diese Mitte lässt ihn Stunden ertragen, die Männer nicht mal zähneknirschend ertragen würden. Letzten Mittwoch war es wieder so weit.

Rudi lag in meinem Büro und sinnloste so vor sich hin, da kam eine Dackeldame, die einen meiner Kollegen besuchte, ins Büro gestürmt, beachtete Rudi null, sondern lief schnurstracks zu seinem Futternapf, steckte ihre lange Schnauze hinein und sog alles staubsaugergleich in sich hinein. Hpfpfpffft, weg war Rudis Futter. Und auch Sie werden gleich weg sein, wenn ich Ihnen sage, wie diese Dackeldame heißt. Trudi heißt sie, ich schwöre es. Und Trudi machte sich nun über Rudi her. Sie zupfte an Rudis niedlichen Schlappohren, zwickte ihn abwechselnd in Beine und Nase, sprang auf seinen Nacken. Und so weiter und wieder von vorn. Zwickte Rudi mal zurück, streckte Trudi sofort alle Viere von sich, leckte seine Schnauze, um ihm zu zeigen, was sie doch für ein kleines Mädchen sei. Zog sich Rudi daraufhin freundlicherweise zurück, sprang Trudi auf und peste die drei Meter zur Tür. Nicht, weil sie verschwinden wollte. Nein, Trudi nahm Anlauf, um Rudi wieder auf den Rücken zu springen, seine niedlichen Schlappohren, seine Nase und den Rest von Rudi zu piesacken.

Der verlor immer noch nicht die Nerven, er suchte Schutz bei mir. Er hockte sich vor mich, weil er auf meinen Schoß springen wollte. Doch er hatte die Absprungkurve falsch berechnet und knallte mit seinem Kopf unter die Schreibtischplatte. Und Trudi? Trudi lachte sich erst ins Pfötchen und schlabberte dann Rudis Wassernapf aus, ich muss wohl nicht sagen: bis auf den letzten Tropfen.

Als mein Kollege seine Trudi abholte, hatte sich Rudi nicht nur wieder berappelt, er tat so, als seien die letzten dreißig Minuten der Höhepunkt seines Tages gewesen. Rudi brachte Trudi zur Tür, leckte ihr zum Abschied am Ohr. Erst als sie außer Sichtweite war, heulte Rudi leise auf. Aber nicht, weil er sich endlich fallen lassen konnte, nein, ich glaube, er war traurig, dass Trudi, der wilde Feger, weg war.

Ach ja: Wenig schmerzt Rudi mehr als Abschiednehmen. Und keine Freude ist für ihn schöner als die Wiedersehensfreude.

Was ich an Rudi nicht mag

Müsste ich zehn Dinge nennen, die ich an Rudi nicht mag, fielen mir elf ein. Aber sobald er den Kopf schieflegt, wenn ich miaue, verzieht sich jeglicher Groll. Und jetzt – nachdem er den Sommer über keine Pfote ins Wasser getan hat – ist er in die kalte Ostsee gesprungen und minutenlang geschwommen. Ja, ich kann sagen: Rudi hat sein Seepferdchen gemacht. Was für ein cooler Hund!

Es ist nicht alles Speckschwarte, was glänzt. Er guckt immer so niedlich, dass ich ihm nicht böse sein kann. Er pupst lautlos. Er bleibt an jedem Baum, Strauch, Pfahl stehen, an je-dem!

Er isst zum Frühstück sehr gern Hühnerherzen mit Fischöl, ein klebriger fleischroter Matsch, der auch so riecht. Manchmal will er sein Frühstück nicht allein essen, dann muss ich ihn mit der Hand füttern, mit diesem fleischroten Matsch, der an den Fingern kleben bleibt wie Lehm und den Rudi mit seiner warmen, rauen Zunge ableckt; aber erst, wenn ich ihm gut zurede, ja, auch das noch.

Jedes Spiel mit anderen Hunden, egal ob Spitz oder Golden Retriever, sieht Rudi als Vorspiel. Den Satz: »Sie haben da aber einen kleinen Rammler, Rudi, der Rammler, haha«, kann ich nicht mehr hören. Ich habe tatsächlich noch keinen Hundebesitzer kennengelernt, der nicht auf »Rudi, der Rammler« kam.

Rudi kann nicht lügen (was mir ein schlechtes Gewissen macht, denn ohne Lüge könnte ich keinen Tag überleben). Dabei weiß ich: Lügen macht müde. Jetzt sind mir doch sogar mehr als zehn Gründe eingefallen, Rudi nicht zu mögen. Aber auch die ändern nichts an der Tatsache, dass Rudi der netteste Typ ist, den ich in den letzten zwanzig Jahren kennengelernt habe.

Alles ist so aufregend

Als Rudi noch ein kleiner Junge war und stets dort pieselte, wo er gerade stand, legte ich ihn über Nacht in eine Welpenhütte, deren Gitterfenstertür mit einem Reißverschluss verschlossen werden konnte. Wenn Rudi zum Pieseln raus wollte, musste er an der Tür kratzen. Was er auch tat – denn Hunde würden nie in ihr Haus machen. Auch wenn sie noch nicht stubenrein sind, schlafplatzrein sind sie wenige Wochen nach ihrer Geburt. Ob das Wort »schlafplatzrein« im neuen Duden steht, weiß ich nicht. Aber Sie wissen, was ich meine.

Rudis Welpenhütte stand am Fußende meines Bettes, so dass ich nachts hören konnte, wenn er sich mit seinen Patschepfoten an der Tür zu schaffen machte. Manchmal bin ich auch einfach so zu seiner Höhle gegangen, auf Zehenspitzen, nur um zu hören, ob es noch atmet, dieses kleine Fellwesen (damals war Rudi so groß, wie sein Kopf heute ist).

Damit er sich in seiner Welpenhütte geborgen fühlte, legte ich ihm einen Stoffhasen mit hinein und ein von mir getragenes T-Shirt. Denn ich hatte irgendwo gelesen, dass der Geruch seines Leitrüden auf einen kleinen Hund so beruhigend wirkt wie Meeresrauschen oder das monotone Rattata von Eisenbahnrädern auf Menschen. So war es auch.

Rudi schlief wie ein Baby, und wenn er musste, kratzte er an seiner Tür. Ich stand auf, holte ihn aus seiner Welpenhütte und trug ihn in den Garten, meistens im Morgengrauen. Da stand der kleine Rudi nun, schwer begeistert vom Mond und den Abenteuern, die in der Luft lagen. Und so erkundete er diese fremde Insel, schnüffelte hier und da und überall. Da kleine Jungs noch nicht das Bein heben können, konnte ich nicht erkennen, ob Rudi gepieselt hatte. Also trug ich ihn irgendwann zurück in seine Welpenhütte. Kaum lag ich im Bett, kratzte er wieder an der Tür. Rudi hatte vor lauter Begeisterung einfach vergessen zu machen, was er machen wollte. Verständlich – geht mir bei spannenden Filmen auch oft so.

Heute ist Rudi neunzehn Monate alt und kann alles, was ein Teenager in diesem Alter können muss. In einem Punkt ist er aber ein kleiner Hund geblieben. Rudi kann sich jeden Tag aufs Neue über Wiesen, Sträucher und Laternenpfähle freuen. Seine Welt ist und bleibt ein einziges Abenteuerland. Jeder Tag ist für ihn der beste Tag des Lebens. Es gibt kein Morgen oder Gestern, es gibt nur das Jetzt.

Ach, könnte ich die Welt mit Rudis Augen sehen, wenigstens jetzt.

Volle Pulle Pubertät

Er muss ja denken, er sei ein König. Ich serviere Rudi das Essen – und wenn er sich kurz darauf vor den Kühlschrank stellt und fiept, als sei er kurz vor dem Verhungern, gibt es noch ein Leckerli. Er muss sich weder selbst duschen noch kämmen. Er hat einen persönlichen Entertainer, der für Sport, Spiel und Entspannung zuständig ist. Die Taschentücher, die er zerfetzt, werden von mir, wenn auch leise fluchend, ruckzuck zusammengekehrt. Und hat er Lust, Kumpels zu treffen, geht immer ein Bodyguard mit, der ihm den Weg freimacht und etwaigen Ärger vom Hals hält. Das alles war bisher kein Problem und wurde klaglos erledigt. Doch nun, mit neunzehn Monaten, scheint König Rudi in der Pubertät zu stecken. Ich dachte, diese Phase sei vorbei. Doch sie scheint wieder da zu sein; und diesmal volle Pulle.

Wenn ich schreibe, dass Rudi jetzt den Begriff »gleich« für sich entdeckt hat, müssen Sie sich mich als jemanden vorstellen, der beim Gedanken daran einen dicken Hals bekommt. Früher konnte ich die Erregung dämpfen, indem ich »einundzwanzig, zweiundzwanzig, dreiundzwanzig« zählte. Das funktioniert in letzter Zeit nicht mehr. Ich könnte explodieren!

Vor der Explosion herrscht immer Ruhe. Rudi und ich gehen durch den Park. Bevor ich ihn von der Leine lasse, schauen wir uns noch mal in die Augen und sein Blick sagt mir: »Nein, alter Kumpel, heute hau ich nicht ab. Und sollte ich versehentlich doch zu weit vorlaufen, musst du nur rufen, und ich komme zurück. Kannst dich drauf verlassen.« Alles klar, ich glaube diesen braunen Knopfaugen. Und tatsächlich geht auch alles zehn, fünfzehn Minuten lang gut. Rudi schnüffelt hier und da, ich atme auf. Doch plötzlich senkt er seinen Kopf und schnurrt wie von einer Leine gezogen ab, erst zögerlich, dann zielgerichtet, immer der Nase nach. Ich rufe: »Rudi! Hier!« Er dreht sich kurz um – und sein Blick sagt: »Gleich!« Dann schnurrt er weiter ab.

»Gleich« ist die unangenehmste Zeitangabe überhaupt. »Gleich« lässt einen hoffen, aber gleichzeitig auch ein bisschen verzweifeln. Denn »gleich« kann alles heißen, von dreißig Sekunden bis nie. In fast allen Fällen bedeutet »gleich«: warten, warten, warten. Und warten dauert immer lange. Nicht nur vor besetzten Klos.

Irgendwann stehen Rudi und ich uns im Park wieder gegenüber. Hechelnd. Der König in der Pubertät. Und sein Bodyguard, der in den letzten zehn Minuten nicht an seiner Seite war. Was hätte nicht alles passieren können! Aber Rudi schaut mich von unten an und sein Blick sagt mir: »Schwamm drüber, Kumpel. Ich bin dir nicht böse. Jetzt sind wir ja wieder zusammen. Lass uns weitergehen.«

Ich koche. »Einundzwanzig, zweiundzwanzig, dreiundzwanzig …«

So niedlich!

Seit drei Tagen weiß ich, was ein verrückter Hund ist. Vorvorgestern, vorgestern und gestern machten Rudi und ich unseren Mittagspausenspaziergang, der ihm genug Zeit ließ, jeden Pfahl anzupinkeln – und mit jeden meine ich: jeden Pfahl, der nicht bei drei auf den Bäumen war. Und was macht er, kurz nachdem wir wieder im Büro sind? Er tut so, als platze ihm gleich die Blase. Er hüpft auf seinen Sessel, springt von ihm runter, kriecht unter meinen Schreibtisch, legt seine Vorderpfoten auf meine Knie, guckt mich an und fiept, als wollte er sagen, er habe sich seit heute Morgen das Pinkeln verkniffen, aber jetzt könne er wirklich nicht mehr, wir müssten nun unbedingt raus, sonst würde er auf der Stelle das Bein heben, am Papierkorb oder am Bein des Chefs, der gerade ins Büro kommt, weil er irgendwas will. Da fällt mir ein: Immer wenn ich aus dem Fenster gucke und an nichts denke, kommt irgendjemand an und will etwas von mir. Das ist doch irre. Nein?

Egal. Ich geh also mit Rudi zum Fahrstuhl, denn man weiß ja nie, und während wir auf den Fahrstuhl warten, wirft sich Rudi auf den Rücken und wälzt sich grunzend auf der rauen Auslegware. Kolleginnen, die auch auf den Aufzug warten, kriegen sich bei diesem Anblick kaum noch ein. Rudi sei ja so niedlich! Wenn ihr wüsstet, denke ich. Der freut sich aufs Rausgehen, aufs Schnüffeln, aufs Hopsasa und Trallala. Ans Pinkeln denkt er nicht, warum auch, wir waren ja erst vor zehn Minuten draußen. Wenn sich Rudi so wälzt und schuppert, fühlt er sich wohl, wie sich ein Cockerpoo von neunzehn Monaten nur wohlfühlen kann.

Und ich denke in solchen Momenten nicht, na warte, Freundchen, du hast mir zum letzten Mal was vorgemacht. Nee, viel mehr freue ich mich dann, einen Hund zu besitzen, der ein so toller Schauspieler ist. Sagt man überhaupt »besitzen«? Ein Hund ist schließlich kein Zollstock. Also: Ich freu mich, einen Hund wie Rudi zu haben. Zumal er, um noch mal aufs Pinkeln zurückzukommen, mich nie morgens um sechs aus dem Haus scheucht. Nein, er wartet stumm, bis ich so weit bin. Das kann nicht jeder Hundebesitzer behaupten.

Sollen sich die Kollegen doch darüber wundern, dass ich mittags zweimal mit Rudi rausgehe. Wenn die wüssten, was Rudi zu Hause anstellt, um an sein Spielzeug zu kommen, sie würden sich in die Hosen machen.

Das ist übertrieben, ich weiß. Aber nur ein bisschen.

Wo sind all die Dackel hin?

Im Jahr 2012 wurden in Deutschland sehr viel mehr Schäferhunde als Möpse und Englische Bulldoggen geboren – dreizehntausend Welpen zählte der Verband für das Deutsche Hundewesen (VDH). Aber was sehen wir in unseren Grünanlagen und Innenstädten? Möpse und Englische Bulldoggen! Es gibt ja keinen Biergarten mehr, in denen diese kurzatmigen Kurzbeinigen nicht herumliegen. Und warum bitte liegen da so wenig Dackel und Deutsch Drahthaar herum? Diese Rasse brachte es laut aktueller Geburtenstatistik des VDH immerhin auf dreitausend Welpen. Die Antwort ist so lustig wie einleuchtend: Der Deutsch Drahthaar wackelt lieber durch den Wald, er ist der beste Freund des Försters. Und was ist mit dem Deutschen Schäferhund? Der geht zur Polizei! Auch bei ausländischen Ordnungshütern wird seine zupackende Art geschätzt. Und ist der Deutsche Schäferhund nicht im Dienst, treibt er Sport auf dem Hundeplatz. Sport machen? Och nö, da gehen wir doch lieber in den Biergarten und hören Möpsen und Bulldoggen beim Japsen zu.

Aber nicht mehr lange. Mops und Bulldogge, sagt der VDH voraus, werden vom Cavelier King Charles Spaniel verdrängt. Gut möglich. Denn der Cavelier King Charles Spaniel sieht aus, als hätte ihn sich Walt Disney für einen Weihnachtsfilm ausgedacht. Die Augen kullern, das Näschen stupst, die Ohren hängen. Einen Film wie »101 Cavelier King Charles Spaniel« wird Walt Disney aber trotzdem nicht drehen – das wäre einfach zu niedlich!

Als ich Rudi die letzten Sätze vorlas, hüpfte er auf meinen Schoß und leckte mir übers Gesicht. Normalerweise schreie ich dann immer: »Iiih, ein Hund hat mich geküsst!« Diesmal nicht. Diesmal drückte ich ihn sanft weg, und als wir auf Augenhöhe waren, sagte ich zu ihm: »Junge, du musst nicht eifersüchtig sein. Du bist ein Cockerpoo, deine Vorfahren haben vor sechzig Jahren Amerika erobert. Dass du auf der Beliebtheitsskala weit unten rangierst, ist doch super. Unten ist es immer am interessantesten, denk doch bloß an die Laternenpfähle.« Rudi fiel auf diesen Schmu nicht herein. Also appellierte ich an seinen Verstand. »Rudi«, sagte ich, »bevor ich dich weggebe, beiße ich mir die Nase ab.« Da Rudi schlauer ist, als ein Polizeihund erlaubt, wusste er, dass das unmöglich ist.

Beruhigt und beschwingt gingen wir in den Biergarten Möpsen und Bulldoggen lauschen.

Später wach ist länger helle

Rudi ist der Sohn von American Cockerdame Motte (genannt Mottenkind) und Zwergpudelrüde Fussel (genannt Atze). Rudi ist also ein Cockerpoo. Anders als seine Eltern hat Rudi keinen Spitznamen. Denn erstens finde ich den Namen Rudi schon spitze genug. Zweitens sollte nur ein Spitz einen Spitznamen haben. Aber egal.

Rudi gehört jedenfalls einer Rasse an, die seit 1950 in Amerika gezüchtet wird und seit ein paar Jahren auch in Sachsen-Anhalt. Sachsen-Anhalt wirbt für sich mit dem Slogan »Wir stehen früher auf«. Wann der durchschnittliche Mensch dort aufsteht, weiß ich nicht. Rudi wacht um sechs Uhr morgens neben meinem Bett auf, legt sich dann sofort auf seine Couch im Wohnzimmer, von der er runterspringt, sobald meine Frau so gegen neun das Haus verlässt. Dann lauscht Rudi noch kurz an der Tür, ob sie vielleicht noch mal zurückkommt, weil sie Handy oder Brille vergessen hat. Das passiert schon mal. Ist die Luft rein, geht Rudi ins Schlafzimmer und macht, was die Frau im Haus ihm stets mit den Worten »Rudi, runter da!« verbietet. Er hüpft also ins Bett und nimmt noch eine Mütze Schlaf. Rudi ist ein Sachse, ein Frühaufsteher ist er definitiv nicht!

Auch dafür bin ich Rudi dankbar. (Der Golden Retriever unserer Nachbarin ist bestimmt nicht der einzige Hund, der seinen Menschen morgens um sechs vor die Tür scheucht.) Nun haben Langschläfer in unserer Gesellschaft leider einen schlechten Ruf. Das ist ungerecht. Denn Langschläfer sind zwar später wach, dafür aber länger hellwach. So lernte Rudi eines Abends noch, sich für ein unverhofftes Leckerli zu bedanken. Nach jedem Minihirschknochen gab er mir die rechte Pfote. Zu Beginn der »Tagesthemen« fingen wir mit dem Training an; und noch vor der Wetterkarte saß der Danke-Trick. Bestimmt pennte um diese Zeit der Golden Retriever unserer Nachbarin schon, er muss ja um sechs raus. Und die Ärmste kommt nicht aus Sachsen-Anhalt, wo die Menschen früher aufstehen. Da geht mir zum Schluss ein Licht auf. Vielleicht ist »früher aufstehen« ja doppeldeutig gemeint. Sachsen-Anhalter wollen eigentlich sagen: »Wer uns über den Tisch ziehen will, der muss noch früher aufstehen, als wir es tun.« Ach sooo, jetzt verstehe ich!

Liebe Leserinnen und Leser, wenn Sie sich gefragt haben, wer der Schlauere von uns beiden ist, dann können Sie jetzt mit dem Fragen aufhören.

Dabei stehe ich schon früher auf als Rudi. Mist!

Von Hundehaufen und Atomwaffen

Wie lange ich darauf warten musste! Endlich mal einen Text anfangen zu können mit den Worten »Wissenschaftler haben herausgefunden, dass …«. Jetzt ist es so weit, los geht's. Wissenschaftler haben herausgefunden, dass Frauen häufiger in die Hocke gehen als Männer. Nicht weil sie sportlicher sind oder Blumen pflücken wollen (zu den Blumen später mehr). Sondern weil Frauen sauberer sind als Männer. Die Leserinnen unter Ihnen, werden wissen, was ich meine. Den Lesern sage ich hier: Frauen heben die Geschäfte ihres Hundes öfter auf, als das Männer tun. Weshalb das so ist, können Wissenschaftler noch nicht endgültig sagen. Aber wenn man mal eins und eins zusammenzählt, kommt zu dem Schluss: Hundehaufen sind für die Menschheit so bedrohlich wie Atomwaffen. Eine irre These? Sehen Sie selbst.

Die Band, die sich »Die Ärzte« nennt, kam bereits 1998 zu dem Schluss: Männer seien Schweine, weil die immer nur »das Eine« wollen. Stimmt wohl. Eine Studie belegt, dass Männer durchschnittlich 18,6 Mal täglich an Sex denken, Frauen bringen es im Schnitt auf 9,9 sexuelle Gedanken am Tag. Nach dieser Studie denken Männer aber nicht nur häufiger an »das Eine«. Sie denken auch öfter an Essen und Schlafen. Nun muss man kein Mann sein, um festzustellen, dass Essen, Schlafen und »das Eine« die Säulen des Lebens sind. Bröckelt eine, kann man alles andere vergessen. Denn dann stirbt der Mensch nicht nur. Dann stirbt er aus!

Albert Einstein warnte einst: »Wenn die Biene von der Erde verschwindet, dann hat der Mensch nur noch vier Jahre zu leben.«

Einstein gehörte nun wirklich zu den Männern, die Sprüche klopfen. Und wenn ich jetzt Einsteins Theorie in Rudis Welt übertrage, kann das doch nur bedeuten: Jede von Rudi zugeschissene Blumenwiese und Wiesenblume bringt Bienen den sicheren Tod. Und damit uns Menschen.

Und deshalb können wir Männer noch so oft an die Säulen des Lebens (Essen, Schlafen, »das Eine«) denken: Wenn wir uns kein Vorbild an den Frauen nehmen und uns bücken, um die Geschäfte unseres Hundes in einen Kotbeutel zu packen, dann ist in vier Jahren Schluss mit Hopsasa und Trallala. Dann werden wir zum Beispiel die Fußball-Weltmeisterschaft 2018 in Russland nicht mehr erleben.

Also Männer: Einpacken!

Der beste Freund des Sommers

Ich möchte kein Sommer in Deutschland sein, nein, das möchte ich wirklich nicht. Was ich mir da alles anhören müsste! Ich sei zu heiß, zu kalt, zu feucht, zu launisch, zu irgendwas. Scheint die Junisonne zu selten, klagen die Zeitungen: »Wann wird es endlich Sommer?« Scheint die Junisonne zu doll, warnen die Zeitungen vor Hautkrebs und raten, ja viel Wasser und Tee zu trinken. Und da Juni, Juli, August schon seit Jahren ein einziger April sind, hören wir seit Jahren das immergleiche Gejammer. Da ist ein Grillabend allein mit sich auf der Terrasse unterhaltsamer. In einem Satz: Der Sommer ist wie ein alter Ehepartner. Er kann machen, was er will – nur recht machen kann er es einem nicht. Das ist jetzt übertrieben, aber so ist es doch. Einer der wenigen Freunde, die der deutsche Sommer noch hat, ist Rudi.

Rudi geht mit dem Sommer durch heiß und kalt, durch Pfützen und Staub. Brennt uns die Sonne Löcher ins Hirn, legt sich Rudi unter einen Baum oder auf die Fußbodenkacheln im Bad. Verwandelt der Sommerregen Rudis Fell in eine Art Wischmopp, schüttelt er sich. Und weiter geht's. Was sollte er auch sonst tun? Warum sollte er grollen? Die meisten Regentropfen gehen ja doch daneben! Rudi hat mit seinen gerade mal zwanzig Monaten ein inneres Gleichgewicht erreicht, für das die allermeisten Menschen ihr Leben lang meditieren müssten.

Natürlich gibt es Sachen, die ihn fertigmachen. Wehende Fahnen zum Beispiel. Knisternde Einkaufstüten. Rollende Koffer. So ziemlich alles, was sich bewegt, aber keine Beine hat, kann Rudi fertigmachen. Und was dann? Dann macht er einen Bogen um diese unheimlichen Wunderdinge. Dem Wetter, das weiß er, kann er nicht ausweichen. Es ist, wie es ist, und so wie es ist, ist's Rudi recht. Vom lieben Gott muss er die Gelassenheit bekommen haben, Dinge hinzunehmen, die er nicht ändern kann. Von Rudi lernen, heißt gelassen leben lernen. Andererseits kann er auch vorbildlich ausflippen.

In meiner Umgebung gibt es außer Rudi niemanden, der auf einem Grillfest nur Wasser trinkt und trotzdem die beste Laune von allen hat. Und kein Wolkenbruch aus heiterem Himmel kann daran was ändern. Das ist so beneidenswert!

Wenn die Meteorologen demnächst mal wieder behaupten, es drohe ein Wetter, bei dem man keinen Hund vor die Tür jagt, denke ich nur: Quatsch. Rudi ist längst draußen. Der Sommer ist sein Freund, und den lässt er nicht im Regen stehen.

Rudis innere Uhr tickt immer richtig

Letzten Donnerstag habe ich erfahren, dass Luise gestorben ist. Luise war eine Königspudeldame. Zehn Jahre lang machte Luise jeden Menschen, der sie sah, froh für einen Augenblick, der stundenlang anhielt. Luise starb an Krebs, obwohl sie nicht rauchte, keinen Alkohol trank, stets gesundes Essen bekam und an jedem Tag ihres sorglosen Lebens Sport trieb. Der Tod sei ein Irrtum, sagte Heiner Müller, der tolle Dramatiker, der 1995 in Berlin starb. Auch an Krebs, diesem Riesenarschloch.

Heiner Müllers Tod machte mich damals so traurig wie Luises Tod heute. Kann der Verlust eines Hundes einen so tieftraurig machen wie der Verlust eines Menschen? So traurig, dass man irgendwann nicht mehr weinen kann, weil man knietief in Tränen steht?

Seit ich Rudi kenne, also seit etwa eineinhalb Jahren (wir adoptierten ihn, als er drei Monate alt war), seit diesem Tag also kann und möchte ich mir ein Leben ohne ihn nicht mehr vorstellen. Und bei der Vorstellung, dass Rudi vor mir stirbt, frage ich mich: Ist es nicht schlimmer, ihn zu verlieren, oder ihn nie gekannt zu haben? Diese Frage stellt man sich wohl immer, wenn die Liebe aus dem Leben geht. Egal ob sie nur woanders hingeht oder ganz und gar. Und die Antwort lautet mindestens fast immer: Nein, es ist besser diese Liebe erlebt zu haben, als sie nie gekannt zu haben.

Es ist jetzt kurz vor Feierabend und Rudis innere Uhr sagt ihm, dass es nun bald raus geht. Keine Ahnung, wie er das spürt. Rudis innere Uhr tickt immer richtig. Aber wenn er wüsste, dass ich mir gerade Gedanken über seinen Tod mache, würde er mich noch mehr scheuchen. »Ein Spaziergang an der frischen Luft lässt die Seele bummeln! Also komm!« Er hat so recht, der Rudi. Weiß er überhaupt, was der Tod ist? Experten sagen: Hunde sind wie Indianer. Sie wissen, wann ihre Stunde geschlagen hat und ziehen sich fünf vor zwölf zum Sterben zurück.

Und da wir gerade bei den Indianern sind, fällt mir etwas ein, was mich dereinst, in vielen, vielen Jahren trösten könnte. Indianer nennen das Totenreich die »ewigen Jagdgründe«. Und über Jagdgründe müsste sich Rudi dann doch so freuen, wie er es jetzt tut. Denn er spürt – weiß der Himmel wie! –, dass ich gleich den Computer ausschalten und die Tasche nehmen werde, in der auch sein roter Ball steckt. Und dann geht's auf die Wiese, wo ich den Ball werfe und Rudi die herrlichsten Jagdgründe hat.

Unser Ordnungshüter

Rudi ist die perfekte Hausfrau. Perfekt im Sinne von: Wenn Rudi in der Wohnung etwas sieht, was da seiner Meinung nach nicht hingehört, weil es gestern noch nicht da war, dann ist was los. Dann wird geschimpft, als sei das Abendland in Gefahr. Seinen Ordnungssinn kann vieles ins Wanken bringen. Zum Beispiel ein Päckchen, das der Postbote gerade gebracht hat und das nun irgendwo aufs Ausgepacktwerden wartet. Ein Wischmopp, der am Esstisch lehnt. Ein leerer Koffer, der eigentlich in die Kammer gehört. Aber richtig schlimm flippt Rudi aus, wenn ich eine volle Mülltüte in die Diele gestellt habe, damit ich nicht vergesse, sie morgen früh hinunterzubringen. »Morgen früh?!«, kläfft Rudi. »Mülltüten gehören in den Mülleimer«, kläfft Rudi. »Und nicht in die Diele! Wie oft muss ich dir das noch sagen«, kläfft Rudi. Die Frau im Haus versteht genau, was er meint. Also bringe ich den Müll runter. Rudi ist zufrieden. Und begrüßt mich nach meiner Rückkehr, als wäre ich drei Wochen weggewesen.

So schlau Rudi auch sein mag, er wird nie kapieren, dass es nicht für immer ist, wenn ich abends mit einer Mülltüte die Wohnung verlasse. Sogar wenn ich aufs Klo gehe, wartet er vor der Tür. Könnte ja sein, dass es auf dem Klo einen Geheimausgang gibt, den er noch nicht kennt. Und dann bin ich weg. Und wer bringt dann seine Welt in Ordnung? Fünf Minuten sind für Hunde fünf Stunden. Wobei man das nicht so sagen kann. Denn Hunde haben kein Zeitgefühl. Jedenfalls dann nicht, wenn sie alleingelassen werden. Alleingelassenwerden ist für sie Verlassenwerden. Hinter jedem Abschied vermutet Rudi ein Nimmerwiedersehen.

Deshalb guckt er auch so traurig und bedröppelt, wenn ich ihn für drei Minuten vor dem Zeitungskiosk festbinde. Und freut sich wie Bolle über das Wiedersehen.

Ein wacher Sachse

Mutter hat immer recht. Familie Tumma aus Fredersdorf mindestens dann, wenn es um die Heimat von Cockerpoos geht. In einer meiner letzten Kolumnen habe ich geschrieben, Rudi käme aus Sachsen-Anhalt. Tatsächlich kommt Rudi aber aus Sachsen. Die Anhaltiner werben für sich mit dem Slogan »Wir stehen früher auf«. Sachsen behaupten, ihr Land sei »ein Land von Welt«. Sie hätten auch stolz bekennen können: »Wir können alles. Außer Hochdeutsch.« Doch als eine Werbeagentur diesen Slogan vorschlug, winkte die sächsische Tourismusbehörde mutlos ab. Jetzt wirbt Baden-Württemberg damit, alles zu können bis auf Hochdeutsch. Was hat die Sachsen damals abgehalten? Nun, sie wussten, dass ihnen nicht nur Hochdeutsch abgeht. Anders als Anhaltiner stehen Sachsen auch nicht früh auf, im Gegenteil: »Ich gennde egahl boffn«, sagen sie. Auf Hochdeutsch: »Ich bin immer müde.«

Hunde, die in Sachsen leben, können das nicht von sich behaupten. Denn in Sachsen herrscht überall Leinenzwang, sogar für Hunde, die kaum mehr wiegen als ihre Leine. Und Hunde, die immer bei Fuß gehen müssen und nicht mit ihren Kumpels Nachlaufen spielen dürfen, diese Hunde fallen zu Hause nicht müde ins Körbchen. Sondern unglücklich. Das ist ein bisschen übertrieben, aber nicht so übertrieben wie manche Hundegesetze. Damit sich Rudi angeleint durch Berliner Grünanlagen schnüffeln darf, zahle ich jedes Jahr hundertzwanzig Euro Hundesteuer. Nach einem Sonnenwochenende sehen diese Grünanlagen aus wie der Müllcontainer eines Grill-Imbisses. Aber wehe ich ziehe nicht sofort eine Tüte aus der Hosentasche, um Rudis Geschäft zu entsorgen! Schon springt irgendein Irrer aus dem Gestrüpp und schreit: »Tüte dabei?« Auch das ist etwas übertrieben, aber wahr. Und wie mich Vegetarier angucken, weil Rudi ja ein Fleischfresser ist. Und wie sich Leute vom Berliner Ordnungsamt freuen, wenn sie einen frei umherlaufenden Rudi erwischen. Dann zahle ich vierzig Euro Strafe. Und das Schönste ist: Die Leute vom Ordnungsamt fahren pfeifend mit dem Auto durch Parks und Grünanlagen. Das ist doch nicht normal! Habe ich mich schon darüber aufgeregt, dass Rudi nicht ins ICE-Bordrestaurant darf, auch nicht, wenn das menschenleer ist und ich mir nur einen Becher Kaffee holen möchte?

Was soll's. Festzuhalten ist: Rudi ist, wie auch der Oscar von Familie Tumma, ein Cockerpoo aus Sachsen. Leben würden die beiden wohl am liebsten in Norwegen. Denn Norweger geben weltweit am meisten aus für Hundefutter.

Superrudi

Was für Standpauken ich nach dem kerkerschwarzen Tag erhielt, an dem Rudi unter ein Auto gelaufen war. Glücklicherweise war damals sein Schutzengel auf Zack und Rudi kam mit einer geprellten linken Vorderpfote davon. Woraufhin ich ermahnt wurde, mich nicht auf höhere Wesen zu verlassen, sondern Rudi an verkehrsreichen Straßen an die Leine zu nehmen. Wie sehr ich mir die mahnenden Worte hinter die Ohren geschrieben habe, erkennen Sie auch daran, dass ich Rudi jetzt so ein lichtreflektierendes Schutzmäntelchen gekauft habe, wie sie Straßenbauarbeiter bei Einbruch der Dämmerung tragen.

Zwar guckte Rudi anfangs ziemlich dumm aus der gelben Gummiwäsche, aber als wir ein Mopsmädchen im Kleidchen trafen, sah er ein, dass er mit seinem Anzug recht gut aussah.

Aufs Aussehen, scheint mir, legt Rudi sowieso sehr viel Wert. Nach dem Abendfressen robbt er über den Teppich, um sich den Mund abzuputzen; danach widmet er sich eine gute Viertelstunde der Körperpflege: Katzengleich dreht er den Kopf und glättet sein Rückenfell, das wohl, für seinen Geschmack, unter dem häufigen Braver-Junge-braver-Junge-Streicheln gelitten hat. Dann werden die Beinhaare entfilzt und die Pfotenballen gesäubert. Erst danach macht er es sich auf seiner Decke bequem und setzt seinen Feierabend-Blick auf.

Duschen findet Rudi ganz okay, aber das anschließende Abrubbeln genießt er grunzend wie ein Mann sein Eisbein mit Sauerkraut. Der Höhepunkt eines Badetages ist aber das Föhnen! Obwohl die Geräusche eines Föhns ja denen eines Staubsaugers ähneln und Staubsauger für Rudi blöde Schreihälse sind, denen man besser nie begegnet, obwohl also ein Föhn viel lauten Wind macht, bewegt sich Rudi im Luftstrom wie ein Aal. Er legt sich auf den Rücken, legt sich auf den Bauch, drückt seinen Kopf auf den Boden, damit seine Schlappohren platt auf den Badezimmerfliesen liegen und so besser getrocknet werden können.

Dass er nach dem Duschen und Föhnen frühlingswiesenfrisch riecht, stört ihn nicht, er weiß ja: Die nächste tote Maus zum Draufrumwälzen kommt bestimmt.

Apropos tote Maus: Mein Vorsatz fürs neue Jahr ist, Rudi ein Kunststück beizubringen. Er soll auf ein Stichwort umfallen und »toter Hund« spielen. Bei welchem Stichwort, verrate ich nächste Woche. Bleiben Sie gespannt!

Der tote Hund

Wie alles, was es im letzten Jahr zu essen und zu trinken gab, so war auch der Silvesterkarpfen bio. Wenn ich die Fischverkäuferin richtig verstanden habe, dann war sogar das Boot der Fischer aus biodynamisch angebautem Holz. Das ist natürlich übertrieben, aber Übertreibung dient der Verdeutlichung. Und ich kann nicht deutlich genug sagen, wie sehr mir das Bio-Gerede auf den Jute-Sack geht.

Deshalb möchte ich Rudi in den kommenden Tagen einen Trick beibringen. Sobald jemand »bio« sagt, egal ob im Supermarkt oder zu Hause, soll Rudi umkippen und »toter Hund« spielen. »Ah, Bio-Wein«, »mmh, Bio-Möhren« und zack! – kippt mein Rudi um und bleibt liegen wie ausgegipst. Vielleicht schaffe ich es sogar, dass er dabei die Zunge aus dem Mundwinkel hängen lässt wie einer, der gerade Besuch vom unheimlichen »Krawatten-Killer« hatte. Na gut, das ist vielleicht doch etwas zu eklig, das lasse ich lieber. Zumal es schon schwer genug sein wird, Rudi das Umkippen beizubringen. Mit Übungen wie Pfote geben, Männchen machen oder Zeitung holen will ich gar nicht erst anfangen, die sind mir zu blöd. Schließlich ist Rudi in seinem Innersten ein Wolf, auch wenn er den Wolf in sich ständig umarmt. So hüpft er auf jeden noch so böse knurrenden Hund zu und leckt ihm die Schnauze, wohl in der Annahme, der arme Kerl habe schlimmes Halsweh.

Also wie stell ich es an, meinen guten Rudi zum Umkippen zu bewegen, sobald jemand »bio« sagt? Klar ist: Vor halb zehn müssen wir mit der Trickschule nicht anfangen. Denn Rudi ist ein Morgenmuffel. Wenn ich mich aus dem Bett schäle, erhebt er sich von seinem Lammfell, streckt sich, schlurft rüber ins Wohnzimmer, wo er sich auf die Couch fallen lässt, die er gleich nach seinem Einzug zu seiner Couch erklärt hat.

Erst wenn er das Klappern der Haustürschlüssel hört, kommt sein Biorhythmus auf Vordermann und er angelaufen. Anders als bei der »Bio-Möhre« müsste Rudi beim Wort »Biorhythmus« natürlich nicht umkippen. Manno, ist das kompliziert.

Ha! Da kommt mir eine Idee! Ich vergesse den Toter-Hund-Trick. Jawoll! Sollen die Leute doch reden. Ich rege mich 2013 nicht mehr über jeden Mist auf! Wenn ich Sie jetzt auf eine Idee gebracht habe, wird das ein entspanntes neues Jahr. Darauf einen Bio-Wein.

Don Rudolfo

Am Wochenende habe ich mal wieder *Der Pate* gesehen, alle drei Teile hintereinander, zum Schluss, also nach exakt acht Stunden und vierundfünfzig Minuten, habe ich Rudi Don Rudolfo genannt – aber nicht lange. Denn mir war aufgefallen, dass Hunde in Mafia-Familien kaum vorkommen, höchstens um getreten zu werden. Und dann war mir plötzlich noch etwas klar: Die Mafia ist ein so unentspannter Haufen, weil für sie ein Hund kein Lebewesen ist, das weint, wenn man es piekst, und sich freut, wenn man es streichelt. Das ist schade. Denn würde der Mafioso im Hund einen Freund sehen, wäre er zufriedener mit sich und der Konkurrenz und würde nicht herumrennen und anderen Leuten Angebote machen, die sie nicht ablehnen können.

Was der Mafioso nicht weiß: Wer mit einem Hund zusammenlebt, entwickelt das Partnerschafts-Glückshormon Oxytocin. Oxytocin kommt aus dem Altgriechischen und heißt übersetzt so viel wie »leicht gebärend«. Denn dieses Hormon vertieft die Bindung zwischen Mutter und Neugeborenem. Aber nicht nur. Sondern auch die zwischen Geschlechtspartnern. Und jetzt bietet sich mir die Gelegenheit, endlich mal einen Satz mit »es ist wissenschaftlich erwiesen« zu beginnen. Also: Es ist wissenschaftlich erwiesen, dass das Partnerschafts-Glückshormon Oxytocin auch von Menschen produziert wird, die mit einem Hund zusammenleben. Gesellschaften, in denen der Hund als ein Freund empfunden wird, sind demnach glücklicher als Gesellschaften, in denen das nicht so ist. Im Gegenteil.

Schauen Sie sich doch bloß mal in China um, da gibt es an jeder Ecke Hunde, kross und süß-sauer. Denken Sie an Russland, wo der Hund als Prügelknabe gehalten wird. Und wo Muslimbrüder für Recht und Zucht und Ordnung sorgen, haben Hunde den gleichen Stellenwert wie ein benutztes Papiertaschentuch. Was ich damit sagen will?

Nun, ich will damit sagen, dass ich in keiner Gesellschaft leben möchte, die Hunde verachtet. Ja, ja, ja: Hunde machen Dreck, machen Radau, machen Bettelmännchen. Das nervt. Aber vor allem machen sie glücklicher. Und darauf kommt's doch an, Leute.

Neulich beim Tierarzt I

Manche Hundebesitzer haben ja so wenig Mitgefühl, dass sie erst dann zum Tierarzt gehen, wenn sich ihr Hund aus Stöckchen Krücken baut. Ich bin da anders. Zum Beispiel am letzten Freitag. Da habe ich mir den Vormittag freigenommen, weil Rudi, wo immer er ging und lag, seinen Kopf zwischen die Hinterbeine steckte. Erst dachte ich, er wolle nur gucken, ob sein Schniedel noch da sei, Rudi war in dieser Angelegenheit schon immer übertrieben gewissenhaft. Aber als er dann auch anfing, nach wenigen Minuten intensiven Schauens aufzuheulen wie ein kleiner Wolf, da dachte ich an das Schlimmste. Ich denke übrigens immer an das Schlimmste.

Vor ein paar Jahren konnte ich nichts mehr lesen, was ich vor der Nase hatte, Zeitungen und Speisekarten verschwammen vor meinen Augen; andererseits konnte ich ziemlich sicher erkennen, wie viele Piloten in den Flugzeugcockpits am Himmel über mir saßen. Da zählte ich eins und eins zusammen und kam zu dem Schluss: In meinem Kopf wächst ein Gehirntumor. Ich dachte schon daran, aus dem Fenster zu springen, um dem drohenden

Schicksal ewigen Sabberns zu entgehen. Da riet mir mein Freund Uwe, doch erst mal zu einem Optiker zu gehen. Puh, meine Erleichterung war nicht in Worte zu fassen, als ich hörte, dass ich weitsichtig sei. Schwarz sehe ich aber immer noch. So auch am letzten Freitag.

Um 11.15 Uhr hatten wir einen Termin beim Tierarzt, um 11.27 Uhr stand fest: Rudi ist ein scharfer Hund. Populärwissenschaftlich ausgedrückt: Rudi ist geschlechtsreif, und in Ermangelung einer Partnerin oder eines Partners macht es sich Rudi, wie man so schön sagt, selbst. Sein jungwölfisches Aufheulen rühre daher, sagte der Doktor, dass sich Rudi zwischen den Hinterbeinen – räusper, räusper, hüstel, hüstel – bereits wund geleckt habe. Und die Moral von dieser Sex-Geschichte? Ich muss darauf achten, dass es Rudi mit dem Selbstliebhaben nicht übertreibt. Das heißt, ich muss ihm etwas bieten, was ihm ähnlich große Befriedigung verschafft wie … Sie wissen schon.

Also gehen wir jetzt auch bei Wind und Schneeregen raus, um Ball zu spielen. Werfen, holen, werfen, holen und so weiter und so fort. Wenn Rudi dann hechelt, weiß ich, er ist nur auf den Ball scharf. Und wenn ein heller Schmerz durch meinen Arm geht, denke ich nicht an einen drohenden Herzinfarkt. Sondern an Muskelkater.

Obwohl – was macht mich da so sicher?

Neulich beim Tierarzt II

Ein Morgen, der mit einem geschüttelten Rudi beginnt, ist kein guter Morgen. Denn gibt es etwas Herzzerreißenderes als ein Lebewesen, das vor einem steht, zitternd wie die Stimme eines Kindes, das dem Weihnachtsmann ein Gedicht aufsagen muss? Die Augen geweitet, hoffnungslos und zuversichtlich zugleich? Ein erschütterndes Bild, das Rudi abgab, an diesem Morgen beim Tierarzt. So, liebe Leserinnen und Leser, möchte man seinen ärgsten Feind nicht sehen.

Dabei hatte Rudi weder Ach noch Weh zu befürchten. Er musste nur eine Tablette gegen Würmer schlucken, keine große Sache, eher ein Klacks. Aber woher sollte er das wissen! Er musste annehmen, dass dieser Mensch in diesem schreckgespenstweißen Kittel ihm gleich großes Leid zufügen wird. Und schlimmer noch: Ich, sein bester Freund, werde dem Feind bei seiner bösen Tat auch noch zur Hand gehen!

Rudi musste das Schlimmste befürchten. Eben im Wartezimmer hatte er einen Hund hinter der Praxistür wimmern gehört. Und kurz darauf wurde die Tür geöffnet, und eine Frau trug einen Dackel hinaus. Er war betäubt, was ja so aussieht, als wäre er tot. Rudi jedenfalls schwante nichts Gutes, als er seinen Kollegen auf dem Arm der Frau sah. Er verkroch sich unter meinen Stuhl, ganz nach hinten. »Bring mich hier weg«, flehten seine Augen. Aber ich zog das Fellhäufchen hervor und brachte es in den Behandlungsraum.

»Rudi sieht ja nicht nur aus wie ein Lämmchen«, sagte der Doktor, »der ist ja auch lieb wie ein Lämmchen.« Und kaum war das Wort Lämmchen aus seinem Mund, war die große Tablette in Rudis Rachen verschwunden. Schwupps! Das war's. Zwar robbte Rudi danach immer noch durchs Behandlungszimmer wie ein Nahkämpfer durchs Unterholz, aber als ich ihm ein Leckerli gab und er sich überwinden konnte, es anzunehmen, war das so, als hätten wir eine fette Friedenspfeife geraucht.

Als wir beide draußen waren, dachte ich, dass der Spruch »Was ich nicht weiß, macht mich nicht heiß« beim Arzt nicht zutrifft. Hier sind gerade die Unwissenheit und das Ungewisse der Angstherd Nummer eins. Eine gute Eselsbrücke mag hier sein: »Ich weiß« (Patient) und »Ich, weiß« (Arztkittel) müssen zusammengehen wie Susi und Strolch. Oder noch enger: Wie Rudi und ich.

Menschenskinder, muss das sein?

In unserer Straße wohnt eine Mopsdame namens Erika, und Erika hat schickere Klamotten als Rudi. Weil Erika im Tierheim sehr schlecht behandelt wurde, soll es ihr jetzt an nichts fehlen. Dafür sorgt ihr Frauchen Frau Schneider. Frau Schneider kocht jeden Tag für sie, die beiden unternehmen Fahrradtouren, bei denen Erika in einem mit Kaninchenfell ausgeschlagenen Weidenkorb sitzt. Bei schlechtem Wetter trägt Erika einen geblümten Regenmantel. Ist es kalt, hat sie einen ihrer vielen Rollkragenpullover an. Erika besitzt sogar eine Sonnenbrille, denn ihre Glubschaugen seien sehr empfindlich, sagt Frau Schneider. Manchmal gehen Frau Schneider und Erika im Partnerlook spazieren. Wer die beiden sieht, bekommt gute Laune. Bisher hat sich noch niemand gefragt, ob die beiden spinnen. Warum auch?

Laut einer seriösen Umfrage ziehen achtzehn Prozent aller Halter ihren Hund zu besonderen Gelegenheiten besonders an; fast ein Viertel der Befragten macht es wie Frau Schneider und kocht daheim für seinen Liebling; zwei Drittel kaufen ihm Weihnachtsgeschenke. Hunde gelten heute als vollwertige Familienmitglieder. Und die Frage aller Fragen, nämlich die, ob ihr Hund mit im Bett schlafen dürfe, beantworten siebzig Prozent mit Ja. Würde man diese Menschen dasselbe auf einer Party fragen, zum Beispiel auf der Geburtstagsparty, die sie für ihren Liebling schmeißen, dann würden sie antworten: höchstens ausnahmsweise! Ich kenne jedenfalls nur Ausnahmsweise-Sager. Was wahrscheinlich daran liegt, dass Hundehalter höchst ungern zugeben, wie weit ihre Liebe geht. Wer mal besonders weit gehen will, der jettet mit seinem Hund im Handgepäck nach Florida. Dort, im Ritz-Carlton Hotel in Sarasota, kann er zwischen Schwedischer Haustiermassage, Ganzkörperentspannungsmassage und kräftigender Sportmassage wählen. Für klapprige Semester wird die sanfte Massage angeboten.

Warum machen Hundehalter das? Weil es ihnen Spaß macht und sie den Leuten zeigen wollen, dass ihr Hund etwas Besonderes ist. Und als kleines Dankeschön. Denn mittlerweile wissen wir, dass das Streicheln eines Hundes (ob mit oder ohne Pullover) den Blutdruck senkt und sich seine Gesellschaft überhaupt positiv auf unsere Herz- und Gefäßfunktionen auswirkt.

Und Rudi? Sie fragen, was Rudi im Frühling anzieht? Nun Rudi wird anziehen, was er jeden Tag anzieht: die Blicke der anderen.

Sprachloses Glück

Schon irre, was man sich im Laufe des Tages so alles anhören muss. Von Kollegen, vom Nachbarn, von der Wurstverkäuferin, von Radio- und Fernsehsprechern, vom »Schatz« daheim. Alle, alle, alle schreien unaufhörlich: »Hör! Mir! Zu!« Dabei ist das Meiste, was gesagt wird, kaum der Rede wert. Sprech-Bla-Bla-Blasen verkleistern unser Gehirn. Nur Kunstwerke im Museum müssen sich mehr Geplapper anhören als ein Mensch. Und wenn man freundlicherweise doch mal zuhört, heißt es Sekunden später: »Du hast mir nicht richtig zugehört!« Der so Gescholtene steht dann entweder als Ignorant oder als Idiot da. Aber er ist keines von beiden. Nein, er weiß, dass Informationen wie Tennisbälle sind: Je mehr ihm zugeworfen werden, desto mehr lässt er fallen. Hirnforscher wissen es noch genauer: Ungestört und voll konzentriert kann ein Mensch höchstens vier Informationen gleichzeitig in seinem Kurzzeitgedächtnis behalten. Können sich das die Sprechpuppen um mich herum bitte einmal merken? Ja? Ich meine, es muss doch möglich sein, wenigstens eine Schweigeminute durchzuhalten. Und nicht schon nach fünfzig Sekunden Luft zu holen, um endlich wieder loslabern zu können!

’tschuldigung, aber das musste mal gesagt werden. Wenden wir uns jetzt aber etwas Erfreulicherem zu. Dem Hund.

Ich bin sicher, einer der wichtigsten Gründe, warum wir unsere Hunde so lieben, ist dieser: Hunde können nicht sprechen. Was nicht heißt, dass sie nichts zu sagen haben. Das Gegenteil ist richtig. Nur tun sie es wortlos. Wie ein Freund, mit dem man zusammensitzt und praktisch schweigend alles sagt.

Wenn Rudi und ich allein sind, herrscht eine nie gehörte Stille, belebend und beruhigend zugleich. Absolut fantastisch. Würde die Stimmung zwischen uns in diesen Momenten (die Stunden dauern können) kippen, ich schwöre, man könnte es hören. Mehr als vier Informationen bekommt Rudi von mir nicht zu hören: »Stopp.« »Hier.« »Sitz.« »Gut gemacht, alter Junge.« Mehr ist es nicht. Höchstens – klar, auch Rudi bricht mal sein Schweigen. Aber nur, wenn es wirklich wichtig ist. Zum Beispiel wenn er nicht gemerkt hat, dass ich aufs Klo gegangen bin und er dann plötzlich die Spülung hört. Dann bellt er, bis ich wieder im Raum bin.

Ich habe nicht nachgezählt, wie viele Informationen in diesem Text stecken, eine muss ich trotzdem noch loswerden: In unserem Leben ist nur noch das Klo ein stilles Örtchen.

Rudi und ich denken Pink

Der Sommer ist aus, wir gehen ins Haus. Rudi und ich sagen: »Tschüss, Ballwiese. Mach's gut, Ostseestrand. Vergiss uns nicht, Wald.« Zwar ist erst am Sonntag Herbstanfang, doch Rudi und ich leben in Berlin. Und Berlin lässt sich nicht vom Kalender vorschreiben, wann Herbst ist. In Berlin beginnt der November Mitte Oktober und dauert bis Mai. Der Himmel legt sich auf die Stadt wie ein feuchtes Filztuch. Die Mundwinkel der Berlinerinnen und Berliner gehen runter wie die Temperaturen. Aber Rudi und ich lassen uns die Laune nicht vermiesen. Wir sind uns einig: Wer nur bei Sonnenschein gut drauf sein kann, soll doch dahin gehen, wo der Pfeffer wächst, zum Beispiel nach Malaysia. Dort ist es das ganze Jahr über warm, auch nachts, auch an Weihnachten. Für Rudi und mich wäre das kein Wetter. Soll der Berliner Morgen bis zum Nachmittag vor sich hingrauen und dann von einem uninteressanten Grau in ein belangloses Schwarz übergehen: Rudi und ich denken Pink.

Wir nehmen jede Regenwolke, wie sie kommt, weil wir wissen, sie wird vorüberziehen wie jeder Ärger. Die Tropfen mögen die Fensterscheiben wundklopfen, doch nie schlagen sie uns aufs Gemüt. Wie ich, so mag auch Rudi die Seen rund um Berlin, Regenpfützen hingegen lassen wir rechts und links liegen. Regenschirme können uns gestohlen bleiben. Denn das Wetter ist, wie es ist, und so wie es ist, so nehmen wir es. Da gibt es keine zwei Meinungen. Alle reden vom Wetter. Wir singen im Nieselregen.

Klar, manchmal ist es mir unheimlich, dass Rudi und ich so gleich ticken. Andererseits: So geht es wahrscheinlich jedem Hundebesitzer. Irgendwann erkennt man: Der Hund ist der Zwillingsbruder, den man nie hatte.

Links oder rechts?

Jeder Tag kann links oder rechts beginnen. Links ist gut, rechts ist schlecht. Das ist nicht politisch gemeint, sondern so: Auf unserem Weg ins Büro können Rudi und ich hundert Meter hinter einer Unterführung links abbiegen, hin zu der Wiese, die unser Ballspielplatz ist. Biegen wir rechts ab, geht's an der Spree entlang, zum Schnüffeln. Nicht dass Rudi nicht gern schnüffelt, aber mit Ball läuft das Leben schon runder, findet er.

Sobald wir die Unterführung erreicht haben, weicht Rudi nicht mehr von meiner Seite, den Blick starr auf mich gerichtet. Wäre über Nacht unter der Brücke ein Baum gewachsen – Rudi liefe dagegen, so konzentriert starrt er mich an. Verrät meine Mimik, welchen Weg wir einschlagen werden? Taste ich in meiner Tasche nach dem Ball? In seinen Augen liegt die Nervosität eines Rennpferdes kurz vor dem Start. Aber vor allem liegt in seinem Blick Hoffnung; und die Hoffnung mag zuletzt sterben, aber sie stirbt. Spätestens dann, wenn wir an unserem Scheideweg angekommen sind und nach rechts abdrehen.

Noch siebzig Meter, noch fünfzig Meter. Der Countdown läuft, das Rudi-Herz hüpft. Wird Rudi gleich abgehen können wie eine Rakete? Oder muss er den Kopf senken, wie ein Unschuldiger auf dem Weg zum Schafott? Noch dreißig Meter. Die Spannung steigt. Bei Rudi. Nicht bei mir. Denn seit wir das Haus verlassen haben, weiß ich ja, ob der Morgen links oder rechts wird. Ist die Zeit knapp oder das Wetter nieselig, geht's rechts rum. Und dann muss ich ihm meine Entscheidung schmackhaft machen. Das klappt natürlich nicht. Und so guckt er dann auch. Sein Blick sagt: »Du meinst also wirklich, dass es besser ist, pünktlich im Büro zu erscheinen, als mit mir, deinem besten Freund, ein paar Minuten Spaß zu haben?!« Und ich frage mich an jedem verdammten Rechtsrum-Morgen, was wohl schlimmer ist: enttäuscht zu werden oder selbst zu enttäuschen?

Den schlimmsten Moment unserer nun fast zwei Jahre währenden Freundschaft habe ich letzten Freitag erlebt; und wenn ich daran denke, wird mir immer noch ganz anders. Es war nicht zu heiß und nicht zu kalt, die Zeit war auf unserer Seite, wir bogen links ab. Rudi hüpfte sich neben mir warm. Als wir auf der Wiese standen, griff ich in meine Tasche und fühlte: nichts. Ich hatte Rudis Ball zu Hause vergessen. Oh! Mein! Gott! Nach ein paar Erklärungen meinerseits, schnüffelte Rudi herum, als sei nichts geschehen. An diesem Morgen schwor ich mir: Nie mehr Ball vergessen! Öfter Mutter anrufen!

Hunde gehören immer noch zur Familie Wolf

Bitte nicht vom Stuhl fallen, wenn ich jetzt sage: Rudi hat ins Gras gebissen. Das ist wörtlich gemeint, das macht er dann und wann. Nicht weil er Kühen und Schafen ihr Futter wegfressen will. Nein, wenn sich Rudi Grasbüscheln schmecken lässt, dann sind seine grauen Vorfahren in ihm erwacht: die Wölfe. Uuuaaah, Wölfe! Ja, auch sie haben, lange bevor die Grünen daraufkamen, einen Veggie-Day eingeführt. Wenn einmal keine Fleischmahlzeiten vorbeilaufen, zupfen und fressen Wölfe Kräuter und Grünzeug. Wie Rudi, das süße Raubtier.

Süß hin, knuddelig her: Hunde gehören immer noch zur Familie des Wolfes. Auch der kleinste Pinscher, der jedem Ärger mit Eichhörnchen aus dem Weg gehen würde, hat was von einem Wolf. Keine Ahnung, was in dem kleinen Pinscherkopf vorgeht, wenn er ein Papiertaschentuch wie verrückt durchschüttelt; aber so töten Wölfe Kaninchen. Und wenn sich der Pinscher in Aas wälzt, ist er kein Ferkel oder Schmutzfink. Sondern ein Wolf. Ein wildes, gefährliches, hungriges Tier, das seinen Eigengeruch übertüncht, um sich seiner Beute unerkannt nähern zu können. Die Papierfetzen, die wir dann aufheben müssen, sind für den Hund keine Papierfetzen, sondern blutige Fleischstücke. So ähnlich jedenfalls sieht Rudi die Sache.

Und ich wäre nicht sein bester Freund, würde ich ihm diesen kleinen Spleen nicht lassen. Im Gegenteil, ich bestärke ihn im Wahn, ein Wolf zu sein, vor dem sich Löwen und Eichhörnchen besser in Acht nehmen sollten. »Ja, Rudi, du bist ein ganz böser Wolf!« Ab und zu möchte Rudi angelogen werden. Da ist er ganz Mensch.

Alle zehn Minuten dieses Seufzen

Rudi mag es nicht, wenn ich über ihn schreibe. Nicht dass er befürchtet, er würde schlecht dabei wegkommen. Rudi hat ja vor fast allem Angst, aber davor nicht. Uuups! Ist es schon böse, wenn ich schreibe, dass Rudi ein Hasenherz hat? Aber nein. Angst ist der beste Freund des Mannes. Und wer unbedingt Männer ohne Furcht sehen will, findet sie auf dem Heldenfriedhof. Ich könnte Rudi in die Pfanne hauen, ihn danach durch den Kakao ziehen und mit Häme überschütten, ihm eine Eselskappe aufsetzen und zur Belustigung aller in die Ecke stellen: Völlig okay wäre das für ihn – Hauptsache ich mach es schnell. Denn je eher ich mit dem Schreiben fertig bin, desto früher können wir raus ins Leben.

Wie er schon hinter mir hertrottet, wenn ich mich auf den Schreibtisch zubewege. Erst glaubt er ja noch, ich würde nur kurz irgendwas online lesen. Aber spätestens, wenn ich anfange, mit den Beinen zu zappeln, weiß er, es geht wieder um ihn. Ungelogen: Nach einer Rudi-Kolumne habe ich Muskelkater in den Oberschenkeln und müsste dann gar nicht mehr raus. Aber das kann ich ihm nun wirklich nicht antun. Es ist für ihn schon schwer genug, unter dem Schreibtisch zu liegen, auf Holzdielen, die unter meinen wippenden Beinen zittern wie ein Massagebrett. Alle zehn, fünfzehn Minuten höre ich ein Seufzen, das lauter ist als das Klappern der Tastatur. Und spätestens nach einer Stunde kommt Rudi unter dem Schreibtisch hervor, legt seine Pfoten auf meinen rechten Oberschenkel und schaltet einen Blick an, mit dem er eine Marmorstatue um den Finger wickeln könnte. (Ich weiß, dass Hunde keine Finger haben. Aber wenn ich jetzt die letzten Zeilen löschen würde, müsste mir ein neues Bild einfallen; und das könnte dauern.)

Sie, liebe Leserinnen und Leser, wissen, was ich mit dem Um-den-Finger-wickeln-Blick meine. Und Rudi ist das so was von egal. Er will jetzt raus. Und um mir zu zeigen, wie ernst es ihm damit ist, springt er auf meinen Schoß. Dort bleibt er aber nicht lange, weil meine Beine zu sehr zappeln. Wirklich böse wäre es jetzt, würde ich sagen, was meine Frau immer sagt, wenn ich auf sie warte. »Bin in zehn Minuten fertig.« Die Männer unter uns wissen, was das heißt. Die Frauen auch. Und Rudi schon lange.

Also sage ich den Killersatz nicht. Sondern: »Rudi, mit deinem Blick kannst du einer Marmorstatue Haare wachsen lassen.« Das ergibt zwar keinen Sinn, bringt uns aber dem Gassigehen ein schönes Stück näher.

»Bist du fertig, Rudi? – Ich auch.«

Rudi frisst alles I

Ich bin totsicher: Rudi ist egal, was für ein Essen ich ihm serviere – Hauptsache, es stinkt, ist grünblau oder blutig. Für einen Neun-Kilo-Kerl wie ihn wird eine tägliche Ration von vierhundert Gramm Nassfutter empfohlen. Die haut Rudi in weniger als zwanzig Sekunden weg. Ich bin wirklich immer wieder baff. Noch bevor ich den Vorratsbecher verschlossen und zurück in den Kühlschrank gestellt habe, ist der Napf spiegelblank leer. Ich beuge mich zu ihm runter, sage irgendwas wie: »Bist du schon fertig?« – und Rudi rülpst mir ins Gesicht.

Rudi mag, wie gesagt, alles; sehr gern auch glibberiges Cornedbeef aus einer rostigen Dose, gefunden im Park. Ich weiß, ich sollte besser aufpassen und ihn stoppen. Aber ich bin kein Turnschuh mehr. Lauf ich doch einmal auf ihn zu, schnappt er sich seinen Ekelmampf, läuft ein paar Meter, und schlingt weiter. Immer mich im Blick, so von unten nach oben. Und je näher ich komme, desto schneller schlingt er. Steh ich dann vor ihm, setzt er sich und guckt zur Seite. Fehlt nur noch, dass er anfängt zu pfeifen, wie ein kleiner Junge, der beim Bonbonstibitzen erwischt wurde und jetzt so tut, als sei nix.

Wenn ich dann »Mann, Mann, Rudi« sage, weiß er, der Sturm ist vorüber. Er schaut mich dann zuckersüß an, und würde er mir zuzwinkern, mich tät's nicht wundern. Es ist dann so ein stummes Einverständnis zwischen Rudi und mir. Er weiß, dass ich verstehe, wie schwer es für einen kleinen Hund sein muss, an einer nach Verwesung riechenden Cornedbeef-Dose vorbeizugehen.

Einmal, nach einer wirklich sehr großen Portion schwitzenden Schmelzkäses, sind wir weitergegangen. Ich schweigend, er zerknirscht. Und keine zwei Minuten später war Rudi weg. Erst blieb ich ruhig, dann nicht mehr so, dann wurde ich hektisch. Schließlich sah ich ihn in einem Gebüsch. Rudi hatte auf gut fünfzig Meter ein angebissenes Salamibrot erschnüffelt. Daran kann ein kleiner Hund doch wirklich nicht achtlos vorbeigehen.

Als ich bei ihm angekommen war, war die Stulle weg. Und auch mein Groll. Ich meine, eine Salamistulle auf diese Entfernung zu erschnüffeln – alle Achtung, Rudi!

Würde das zu Hause jemand erfahren … auweia. »Also Rudi, sei ein Gentleman: Genieß – und schweig!«

Rudi frisst alles II

Letztes Mal habe ich sinngemäß gesagt: Käme es im Leben darauf an, alles schnell zu fressen, dann läge Rudi ganz weit vorn. Dass Rudi ein blitzschneller Allesfresser ist, stimmt aber nicht ganz. Denn Rudi hat eine Fressregel, an die er sich bisher hält – sie lautet: Keine Menschen, keine Suppen! Ansonsten, wie gesagt, alles; und alles bis zum Umfallen.

Doch, doch, im Ernst, bis zum Umfallen. Ich hab's erlebt. Als wir kürzlich so durch einen herbstlichen Park raschelten, entdeckte Rudi in einem Gebüsch eine halb geöffnete Dose Rindfleisch, die irgendjemand weggeworfen haben musste, dem blassgrünes Rindfleisch nicht geheuer erschien (anders als für Menschen ist für Hunde die Farbe Grün unbunt; und wenn wir rotsehen, sehen sie gelb). Wie dem auch sei: Da Rudi schneller schlucken als ich gucken kann, war die Dose bis auf ein paar blassgrüne Fleischbröckchen leer. Und mit dem letzten Happs legte sich Rudi neben die Dose und rollte sich zur Seite, als ich neben ihm war. Mir wurde schlecht vor Schreck. Schließlich sind Parks auch beliebte Auslaufgebiete von irren Hundehassern. Und damit meine ich nicht die, die plötzlich hinter einem Baum vorgesprungen kommen und »Haben Sie eine Tüte dabei?« schreien. Nein, ich dachte in diesem Augenblick nicht an Hundehaufenfahnder, sondern an Hundevergifter. Doch als ich mir die Dose genauer angesehen hatte, war ich erleichtert. Auf dem Etikett stand: »400 Gramm Rindfleisch im eigenen Saft. Ungeöffnet haltbar bis Mai 2014.«

400 Gramm blassgrünes Rindfleisch! Zwar ist, wenn es ums Fressen geht, »jede Menge« Rudis Lieblingszahl – doch diese Portion war dann doch etwas zu viel für ihn. Also wollte Rudi erst mal ruhen. Verständlich. Ich streichelte sanft seinen Bauch, er schaffte

es, kurz seinen Kopf zu heben. Dann ließ er ihn mit einem tiefer Seufzer wieder fallen. Ich setzte mich zu ihm ins feuchte Laub und überlegte laut, warum es keinen Magenbitter für Hunde gibt. Dass ihm das eine Lehre gewesen sein müsste, glaubten wir beide nicht.

Ich erhob mich und trug die stinkende, angesabberte Fleischdose zu einem Müllbehälter. Als sie zu Boden schepperte, setzte sich Rudi auf. Er schaute mich an, und wenn ich ihn nicht völlig falsch verstand, lag ein Vorwurf in seinem Blick: »He, das ist Verschwendung. Da war doch noch was drin.«

»Ach Rudi, was soll ich mit dir bloß machen?«

Rudi ist kein Romantiker

Lassen Sie es mich deutlich sagen: Der Sommer ist vorbei! Und nirgendwo in Deutschland ist er so vorbei wie in Berlin. Der Himmel legt sich über die Stadt wie ein feuchtes Wischtuch. Selbst die Mundwinkel der wenigen hier lebenden Optimisten werden Opfer der Schwerkraft. Und wenn sich Ende März anderswo der Frühling aufrafft, dem Winter in seinen traurigen Hintern zu treten, dann regnet es in Berlin wie im November. Also sage ich zu Rudi: »Hört Freundschaft nicht nur beim Geld auf, sondern auch bei Scheißwetter?«

Die dunkle Jahreszeit kann doch sehr gemütlich sein, sagen da die Freunde der selbstgebackenen Kekse, des Kerzenscheins und Teepunschs. Stimmt. Andererseits: Rudi ist nicht so der Romantiker. Selbst an seinem Geburtstag – am 25. November feiern wir seinen zweiten – kann er mit Kerzen nichts anfangen.

Und ein Geschenk muss ich für ihn auch nicht einpacken; Rudi ist schon mit dem Geschenkpapier zufrieden. Fetz, fetz, welch ein Spaß! Oh, da liegt noch ein Plüschvogel mit kaufreundlichem Schnabel und extra festen Beinen aus Kordel in den Papierschnipseln? Fetz, fetz, ist der Schnabel ab. Und mit einem Vogelbein im Mund zieht sich Rudi auf die Couch zurück und kaut so lange daran herum, bis ich das arme Bein nur noch mit zwei Fingern anfassen kann, um es in den Mülleimer zu werfen. Trauriger Rudi? Aber nein! Aus den Augen, aus dem Sinn. Und außerdem weiß Rudi, dass ich immer für neue Zerstreuung sorge. Sein Quietschhuhn hat er bisher nicht kaputtgekriegt, was ich, ehrlich gesagt, immer wieder bedauere.

Die Tage werden also kürzer und wenn ich mich nicht verrechnet habe, hat Rudi in achtunddreißig Tagen Geburtstag. Ich könnte seinen Geburtstag in einen sonnigen Monat verlegen, würde er ja nicht merken, aber so was tut man ja nicht. Und was, wenn es am, sagen wir, 21. Mai aus Kübeln schüttet? Also nein, gefeiert wird am 25. November, selbst wenn er im Nebel kein Stöckchen mehr findet. Ist Ihnen auch schon mal aufgefallen, wie »Nebel« rückwärts gelesen wird? Genau: LEBEN.

So gesehen, ist der November doch der eigentliche Wonnemonat. Und in Berlin dauert der November bis Mitte April. Herrlich.

Komm Rudi, der Sommer ist vorbei. Das Leben beginnt.

In den Tiefen des Hundeherzens

Keine Ahnung mehr, wie dieser französische Film hieß, aber es ging um die Entführung eines sehr, sehr reichen Mannes Anfang vierzig. Ihm gehörte eine Firma, die so groß und mächtig wie Dr. Oetker war. Als der nach Wochen in einem Keller endlich frei und nach Hause kommt – zottelbärtig, verlaust, abgemagert, physisch und psychisch am Boden –, verlangt er nicht als Erstes eine heiße Dusche, eine ordentliche Mahlzeit, er will weder schlafen noch eine Umarmung seiner schönen Ehefrau. Nein, die ersten Worte des Mannes waren: »Wo ist mein Hund? Ich will zu meinem Hund.«

Okay, seine Ehefrau war noch kühler als schön; und wenn man lange genug wenig isst, wird der Magen kleiner. Aber dass ein Mann nach vielen Tagen ohne Licht und ein freundliches Wort erst einmal seinen Hund sehen will, das hat mich schon umgehauen. Beziehungsweise: überhaupt nicht! Da kann die Frau noch so unverhofft lieb und verständnisvoll sein und auch nicht mit den Augen rollen, wenn sich der Mann nach seinem Lieblingsessen einen zweiten und dritten Verdauungsschnaps gönnt; da kann die Badewanne noch so duftend und wohltemperiert gefüllt sein – erst in dem Moment, in dem sich dein Hund kaum noch einkriegt, weil du zur Tür hereingekommen bist, erst dann fühlst du dich zu Hause willkommen.

Und so kam es dann zum Glück auch: Der Hund hatte Schwierigkeiten, auf den Mann zuzurennen, denn er wedelte praktisch vom Kopf bis zur Schwanzspitze; und das Parkett war sauglatt. Was für eine Wiedersehensfreude. Für den Mann. Für den Hund. Und auch für mich als Zuschauer. Nur die schöne wie kühle Frau des Mannes stand irgendwie fassungslos da und vermutete wohl, der Hund sei so aus dem Häuschen, weil ihr Mann stinkt wie grüner Pansen. Das ist aber Quatsch. Der Hund wäre auch zum Mann in die Badewanne gesprungen, da bin ich mir absolut sicher. Mir ist kein anderes Lebewesen auf unserem Planeten bekannt, das sich so ehrlich freuen kann wie ein Hund. Nichts Falsches oder Berechnendes liegt in dieser Freude. Sie kommt aus den tiefsten Tiefen seines kleinen großen Herzens. Das war bei dem Hund des Mannes so. Das ist bei Rudi so. Und bei Ihrem Hund auch. Klar, dass Sie und ich wissen, wie man eine Kühlschranktür oder die Leckerlidose öffnet, ist auch wichtig für den Hund. Aber noch viel wichtiger ist ihm, dass sein Freund endlich wieder da ist, wo er selbst ist.

Und was lernen wir aus diesem Film? Wirklich arm dran bist du erst, wenn dich dein Hund nicht mehr liebt.

Ein Hund verleiht Flügel

Ob Hunde wohl eine Seele haben, werde ich oft von mir gefragt. Und dann antworte ich mir immer und ohne zu zögern: Hunde haben die schönste Seele aller Lebewesen! Buckelwale, Kühe, Pinguine und Esel finde ich auch rundum supersympathisch (Sie etwa nicht?). Aber ein Hund kann mehr. Ein Hund verleiht Flügel. Und solange ihm der Mensch nichts Böses beibringt, ist der Hund exakt so, wie wir Menschen selbst gern wären: aufrichtig, ehrlich, mitfühlend, herzensgut. Und das alles nicht nur dann, wenn es dem Hund nutzt. Sondern, abgesehen von ein paar Ausnahmen, tagein, tagaus. Ein Hund geht eben mit offenem Herzen und wachem Verstand durch die Welt. Er ist also ganz anders als wir Menschen. Und deshalb wäre es grundfalsch, einen Hund zu vermenschlichen. Was man allerdings sagen kann, liebe Ehefrauen und Ehemänner, ist Folgendes: Der Hund ist die bessere Hälfte des Menschen!

Meine bessere Hälfte macht nun seit ziemlich genau zwei Jahren mein Leben komplett. Ja, komplett ist der richtige Ausdruck. Ohne Rudi wusste ich nicht, was mir fehlte. Mit Rudi weiß ich, dass alles, was mir jetzt noch fehlen mag, nicht wirklich wichtig ist. Bin ich deshalb ein glücklicher Mensch? Ach, was! Manchmal ärgere ich mich; manchmal bin ich traurig; manchmal ungerecht oder wütend. Auch auf Rudi, klar. Aber Rudi schafft es, dass ich schon morgens nach dem Aufstehen in der Gemütslage bin, ein paar freundliche Worte zu sagen. »Na, alter Kumpel, gut geschlafen? Im Traum wieder mit Kollegen Nachlaufen gespielt?« Ein Lächeln in mein Morgenmuffelgesicht zu zaubern, das hat noch kein Zweibeiner geschafft (ganz gleich, wie gut geformt die Beine waren). Und je wacher ich werde, desto mehr freue ich mich über Rudis Anwesenheit. Ich muss nur sehen, wie er so daliegt, auf dem Rücken, alle Viere von sich gestreckt, schon weiß ich: Egal was heute alles gekocht wird – ich werde es nicht so heiß essen. Rudi hat aus mir keinen rund um die Uhr lächelnden Optimisten gemacht, das nicht. Aber seit Rudi da ist, gebe ich jedem Tag eine Chance. Und deshalb kann ich sagen: Rudi macht mein Leben komplett – und erst komplett ist's richtig nett!

Stopp! War das jetzt Gesülze? Habe ich meine Zuneigungsbekundungen übertrieben? Kann sein. Richtig ist aber auch: Bei Zuneigung ist Übertreibung das einzig richtige Maß.

Der Satz, der immer kommt

Zum ersten Mal in meinem Leben besitze ich einen Weihnachtsstern. Nicht weil bald Weihnachten ist, und die besinnliche Stimmung ja irgendwoher kommen muss. Nein, ich habe seit einer Woche einen Weihnachtsstern, weil Rudi das Bein gehoben hat.

Das macht er auf dem Weg ins Büro oder nach Hause alle paar Meter; auch dann, wenn nichts mehr in der Blase ist. Ob noch was rauskam, als er das Bein über einen Weihnachtsstern hob, der vor einem Blumengeschäft stand, weiß ich nicht. Die Verkäuferin, die in diesem Moment vor dem Geschäft eine Zigarettenpause machte, zeterte jedenfalls sofort los. Zu Recht! Und dann kam von ihr auch prompt der Satz, der in solchen Fällen immer kommt: »Wo kämen wir denn hin, wenn das jeder machen würde?!« Um die junge Frau zu beschwichtigen, lobte ich ihre Tätowierung: einen Dornenast mit grünen Blättchen, der über ihr weit ausgeschnittenes Dekolleté wuchs. Nun hätte mich die Verkäuferin natürlich fragen können, was mir denn einfiele, auf ihren Busen zu starren. Aber darauf kam sie nicht. Sie kam gleich zum Geschäft. »Neunneunzig«, sagte sie, »inklusive Übertopf aus Filz.«

»Mann, Mann, Mann«, stöhnte ich Rudi an, »ein Übertopf aus saugfähigem Filz. Weißt du, was das heißt? Hättest du nicht einen aus Porzellan nehmen können?« Rudi machte das, was er immer macht, wenn ich sauer klinge: Er gähnte herzhaft.

Die Verkäuferin drückte ihre Zigarette aus; und mir fiel auf, dass an dem Dornenast über ihrem Dekolleté eine einzelne rote Blüte blühte. Ich fragte nicht, ob das irgendwas zu bedeuten habe, sondern zahlte die Neunneunzig. Angepinkelt oder nicht – den

Übertopf aus saugfähigem Filz durfte ich noch im Geschäft entsorgen.

Jetzt steht also ein Weihnachtsstern auf dem Esstisch, und ich frage mich, ob er nicht friert ohne Übertopf aus Filz. Nein, tut er nicht. Ich habe mich erkundigt. Bis 1950 hätte ein Weihnachtsstern (auch Adventsstern oder Christstern genannt) keine Überlebenschance in unseren warmen Zimmern gehabt. Anfang des 20. Jahrhunderts brachte ihn die deutsche Auswandererfamilie Ecke von Kalifornien mit nach Deutschland; und dank Züchtungserfolgen wurde der Weihnachtsstern hitzebeständig. Und aus Amerika kommen heute noch fünfundachtzig Prozent der rund achtunddreißig bis vierzig Millionen bei uns verkauften Weihnachtssterne.

Sollte beim Weihnachtsessen eine Gesprächspause entstehen, kann ich sie mit meinem Wissen über den Weihnachtsstern füllen. Gut, dass Rudi im falschen Moment das Bein gehoben hat.

Die Ausbrüche der Hundegegner

Die Welt ist so: Frauen gegen Männer, Alte gegen Junge, Vegetarier gegen Fleischesser, Raucher gegen Nichtraucher, Räuber gegen Gendarm. Und immer wieder kracht es auch, wenn Hundehalter auf Hundegegner treffen. Nicht nur draußen, sondern auch in Leserbriefen.

Mir gefällt die Vorstellung, dass sich ein Leser mit dickem Hals an den Schreibtisch setzt und Dampf ablässt. Denn Kritik eines Lesers bringt mir mehr als das Lob meiner Mutter. Mütter loben ja praktisch alles, was ihr Nachwuchs macht. Die eine lobt die Rudi-Kolumne, die andere den hundefeindlichen Wutbrief.

Hier die beliebtesten Ausbrüche der Hundegegner – und wie ich versuche, die Sache zu entschärfen (gelingt so gut wie nie).

»Wissen Sie eigentlich, dass hier Leinenzwang herrscht?!«

Dass in deutschen Städten so gut wie überall Leinenzwang herrscht, wundert mich nicht. Schließlich ist Deutschland in Europa das Land mit den meisten Verboten! Es ist sogar verboten, dass wir beide hier zusammen stehen und über die Pflichten und Rechte von Hundehaltern diskutieren. Denn das läuft unter »öffentliche Meinungsäußerungen«. Und öffentliche Meinungsäußerungen ab zwei Personen sehen Ordnungshüter gar nicht gern. Und wenn Sie mir jetzt mit Kampfhunden kommen: Wann haben Sie das letzte Mal einen freilaufenden Kampfhund gesehen? In den Parks laufen doch nur noch Rudis und Emmas frei herum.

»Haben Sie eine Tüte dabei?!«

Eine? Drei habe ich dabei! Die guten von »Trixi«, achtzig Stück für 2,79 Euro. Mit denen kommen Rudi und ich etwa einen Monat aus. Müsste ich allerdings den Dreck wegmachen, den Menschen nach einem sonnigen Tag im Park hinterlassen, käme ich mit einer Schubkarre nicht aus!

»Ha! Wer zahlt denn die Steuern, mit denen Parks sauber gehalten werden? Nicht der Hundehalter! Und nicht der Hund!«

Stimmt! Rudi zahlt keine Steuern. Das tue ich für ihn, hundert Euro im Jahr. Und dann zahle ich natürlich Steuern, mit denen auch die Stadtreinigung unterhalten wird. Und da frage ich Sie: Wofür zahle ich eigentlich Hundesteuer, wenn ich den Dreck selbst wegmache?

»Stellen Sie Ihren Hund etwa über den Menschen?!«

Wo denken Sie hin, natürlich nicht! Obwohl, mmh …? Rudi lügt nie, er begegnet jedem mit offenem Herzen, ganz gleich wie der aussieht, bellt oder tickt. Mir fällt momentan kein Mensch ein, über den ich das auch sagen könnte. Ihnen?

Wäre ich ein Indianer, liebe Hundegegner, würde ich Sie jetzt zu einer Friedenspfeife einladen. Aber ich fürchte, dann würden uns die anderen was hüsteln.

Das Mittel gegen Langeweile

Wenn's dem Rudi langweilig ist, legt er sich auf seine in vielen Monaten hart und hartnäckig erkämpfte Couch. Er legt sich dann nicht hin und schmollt (schmollen tut er, wenn ich ihm zum Beispiel eine Papierserviette weggenommen habe, die er gerade zerfleddern wollte). Nein, wenn ihm langweilig ist, dann legt er sich rücklings auf seine Couch und lässt seinen Kopf runterbaumeln. So sieht er dann mich und alle schon tausendmal gesehenen Gegenstände auf den Kopf stehen. Was für ein cleveres Kerlchen der Rudi doch ist! Früher hatte ich ein schlechtes Gewissen, wenn mir Rudi zeigte, wie sehr er sich langweilt. Doch dann las ich auf der Hundeseite irgendeiner Zeitung, dass Hunde lernen müssen, mit Langweile umzugehen. Ich weiß nicht mehr, in welcher Zeitung ich das gelesen habe; aber es muss eine gute Zeitung gewesen sein, denn nur gute Zeitungen haben eine Hundeseite. Stimmt's?

Wie auch immer: In dieser guten Zeitung stand also, der Hundehalter müsse kein schlechtes Gewissen haben, wenn sich sein Hund vor Langeweile auf den Kopf stellt. Hundehalter sollten sowieso viel öfter auf ihren Bauch hören als auf ihren Kopf, der mit Gedanken quält wie: Ich bin heute nicht lang mit ihm draußen gewesen! Ich spiele zu selten mit ihm! Ich sollte nicht mit ihm reden, als sei er ein Mensch! Wer so denkt, sollte sich sagen: Irgendwas macht man immer falsch. Irgendwer findet immer doof, was man macht.

Also lautet mein guter Vorsatz fürs neue Jahr: Bauch über Kopf!

Vielleicht sollte ich es überhaupt so machen wie Rudi: Die Welt kopfüber sehen. Wahrscheinlich hat er sich das von der Frau des Hauses abgeguckt, die jeden Morgen ihre Yoga-Übungen macht; inklusive Kopfstand. Sie erzählte mir, Rudi würde sie morgens sehr aufmerksam dabei beobachten. Und irgendwann muss er sich gedacht haben: Das kann ich auch!

Und da fällt mir ein: Vielleicht langweilt sich Rudi ja gar nicht, wenn er kopfüber auf der Couch liegt. Sondern macht Yoga. Zuzutrauen wäre es ihm.

Und noch etwas fällt mir ein: Ich habe noch nicht erzählt, wie Weihnachten mit Rudi war. Denn mein Bauch sagte mir, dass Sie jetzt erst mal Ihre eigenen Festtage verdauen müssen. Wie Rudi mit dem Gänsebratenduft und dem Geschenkpapiergeraschel klarkam, erzähle ich dann beim nächsten Mal.

Eins kann ich aber schon verraten: Für Yoga hatte er keine Zeit.

Himmel und Hölle

Eine Frage, die Sie sich als Hundehalter vielleicht auch schon gestellt haben, ist diese: Hat mein Hund nur Hunger? Oder hat er auch Geschmack? Ich frage mich das jeden Tag um 19.30 Uhr, denn dann ist Rudis Essenszeit. Die einen füttern ihren Hund morgens, die anderen abends. Würde ich Rudi fragen, was ihm lieber sei – Frühstück oder Abendbrot –, ich wette, Rudi würde sich fürs Frühstück entscheiden. Ganz einfach deswegen, weil Frühstück früher ist. Mit dem Gefühl der Vorfreude kann Rudi nichts anfangen. Das wird sich auch im neuen Jahr nicht ändern. Er hat sein Futter einfach zum Fressen gern; und deswegen liegt er ab etwa 19 Uhr vor dem Kühlschrank. Eine halbe Stunde vor Mahlzeit beginnt der Countdown. Keine Minute nach Mahlzeit ist sein Napf leer, bis auf ein paar Gemüsestückchen. Ob ihm jetzt Pansen besser schmeckt als Geflügelleber, Kuhschlund besser als ein Rind/Fasan-Mix, kann ich nicht sagen. Es ist alles gleich schnell weg.

Wenn's ums Essen geht, denkt Rudi wie meine Oma. Auf Mäkeleien ihrer Enkel reagierte sie mit dem Satz: »Gegessen wird, was auf den Tisch kommt!« An Rudi hätte meine Oma ihre Freude gehabt. Ob meine Oma ihren liebsten Allesfresser vom Himmel aus beobachtet, kann ich nicht mit letzter Gewissheit ausschließen. Wer von uns Lebenden kann das schon?

Das Weihnachtsfest war für Rudi übrigens Himmel und Hölle zugleich. Er hat im Vergleich zu mir ein etwa eine Million besseres Riechvermögen. Wie er auf den Geruch von Gänsebraten oder Käsefondue reagiert, kann man sich da leicht ausrechnen. Jedenfalls lief er während der Festtage mit so hoch erhobener Nase durch die Wohnung, dass ich ihm abends den Nacken massierte.

War wahrscheinlich nicht nötig; aber das Streicheln eines Hundes senkt erwiesenermaßen den Blutdruck – was nach den endlosen Festessen nicht verkehrt sein kann.

Die Frage, ob Rudi nur Hunger hat oder auch Geschmack, ist damit noch nicht endgültig beantwortet. Sicher ist: Der Hund hat etwa 1700 Geschmacksknospen auf der Zunge; der Mensch immerhin 9000. Wir schmecken also etwa fünfmal besser als ein Hund, können aber eine Million Mal schlechter riechen. Und wenn wir jetzt noch daran denken, dass wir das Meiste, was wir zu schmecken glauben, nur riechen – dann gute Nacht, Mattes.

Wer Mattes ist? Mattes ist der, der dafür herhalten muss, wenn ich nicht mehr weiterweiß. Aber das Jahr ist ja noch jung. Wer weiß: Vielleicht bringt das neue Jahr die eine oder andere Erleuchtung.

Und wenn nicht, auch gut. Oder?

Wir Leitrüden

Bevor ich's wieder vergesse und mir so heiß wird, dass ich selbst im vereisten Erdboden versinken könnte, sage ich jetzt aus tiefstem Herzen und auch im Namen von Rudi: Liebe Leserinnen und Leser, liebe treue Begleiter dieser Kolumne, wir wünschen Ihnen, dass die nächsten zwölf Monate Momente haben, an die Sie sich beim nächsten Jahreswechsel gern erinnern.

Einer der letzten erinnerungswürdigen Rudi-Momente im letzten Jahr war dieser: Normalerweise sind wir immer zu zweit unterwegs, der Rudi und ich. Er läuft – natürlich nur da, wo es erlaubt ist – frei herum und vorneweg. Ab und zu dreht er sich um, um zu schauen, ob ich noch da bin. Dieser gesuchte Blickkontakt sei ein gutes Zeichen für Verbundenheit, sagen Hundeexperten. Würde Rudi nicht nach mir Ausschau halten, würde zwischen uns irgendwas nicht stimmen. Nun kam es aber, dass wir zwischen den Jahren oft zu dritt hinausgingen – Rudi, meine Frau und ich. Und gleich am ersten Tag wurde in Rudi der Hütehund wach. Das heißt: Sobald einer seiner Menschen trödelte, oder meine Frau in irgendeinem Laden verschwand, um etwas einzukaufen, blieb Rudi stehen. Kein noch so gutes Zureden meinerseits konnte ihn dazu bewegen, sich zu bewegen. Er blieb vor dem Laden stehen, seinen Blick abwechselnd auf mich und die Ladentür gerichtet. Öffnete sich die automatische Schiebetür, kam Spannung in seinen kleinen Körper, die schlagartig wieder entwich, wenn es nicht meine Frau war. Kam sie dann endlich aus dem Laden (länger als fünf Minuten waren wir nie voneinander getrennt), begrüßte Rudi sie, als sei sie nach einer monatelangen Expedition durch die Antarktis heil zurückgekehrt. Ach ja, es ist immer wieder erstaunlich, niedlich und herzerwärmend zu sehen, wie doll und ehrlich Rudi sich freuen kann.

Sind wir zu zweit unterwegs, bin ich der Leitrüde – wobei ich erwähnen muss: Der Leitrüde muss nicht der stärkste und größte Wolf im Rudel sein, sondern zeichnet sich aus durch Erfahrung, Ruhe und eine gewisse Überlegenheit. Tja, so sieht mich Rudi, danke dafür.

Sind wir aber zu dritt unterwegs, dann sieht Rudi in seinen Menschen so etwas wie seine Schäfchen, die zusammenbleiben müssen, damit keins verloren geht.

Wir lassen ihn natürlich im Glauben, der weltbeste Hütehund zu sein. Und sagen ihm nicht, dass er bei Einbruch der Dunkelheit deshalb sein rotblinkendes Leuchthalsband umgelegt bekommt, damit er nicht verloren geht.

Pech im Unglück

So viel Gutes, wie hier allwöchentlich über Rudi gesagt wird, so viel Gutes hört man sonst nur bei Grabreden. Aber im Gegensatz zu den endgültigen Abschiedsworten sind die Worte über Rudi wahr (jedenfalls so wahr sie sein können, aus dem Munde seines besten Freundes).

Leider musste unsere Freundschaft Ende des Jahres eine große Hürde nehmen. Denn ich musste Rudi – aus medizinischen Gründen – kastrieren lassen; hätte ich es nicht getan, wäre die Möglichkeit zu groß gewesen, dass sich einer seiner Hoden zu einem Todesball entwickelt. Dieses Risiko wollte ich nicht eingehen – und würde es auch heute nicht tun. Schlimm für Rudi. Und es kommt noch schlimmer.

Man kann vom Pech im Unglück sprechen. Denn Rudi hat nun keinen Sexhunger mehr, der einen Großteil seines Lebens bestimmte. Durch die OP ist aber seine Fresslust gestiegen. Und da bin ich, sein bester Freund, wieder der Böse. Denn ich muss darauf achten, dass Rudi nicht fett wird. Ein immer wampiger werdender Bauch würde mich kaum stören (und ihn auch nicht, da er die Blicke der Hundedamen ja eh nicht mehr auf sich ziehen muss). Nein, das Problem ist schwerwiegender: Jedes Pfund mehr ist ungesund, es drückt auf Gelenke und Herz. Da hilft nur weniger fressen. Mir leuchtet das ein, Rudi verzweifelt. Kein Sex mehr! Aber dafür weniger Fleisch und Leckerlis! Für den Rest seines Lebens! Und dieser Rest dauert jetzt auch noch länger. Wofür? Und wem hat er das zu verdanken? Mir, seinem besten Freund!

Bei den Portionen mal ein Auge zuzudrücken, hilft ihm nicht weiter, das weiß ich. Trotzdem habe ich es vor ein paar Tagen getan. Ein Paketbote klingelte, ich öffnete die Tür; und als ich nach wenigen Sekunden zurück in der Küche war, sah ich Rudi über ein Schinkenbrot gebeugt, das er sich vom Esstisch geklaut hatte. Ich ging pfeifend zur Espressomaschine und tat so, als würde ich ihn nicht sehen. Erst als er das Schinkenbrot verschlungen hatte, spielte ich den Entrüsteten. Das ist blöd, ich weiß. Aber als Vater von drei Töchtern habe ich gelernt, dass Konsequenz auch nicht das Gelbe vom Ei ist. Warum habe ich jetzt gesagt »das Gelbe vom Ei«? Bestimmt Rudis Kastration mein Unterbewusstsein? Mmh.

Um mich abzulenken, denke ich am Wochenende über Folgendes nach: Wie viel Wahrheit soll in der Grabrede stecken, die dereinst auf mich gehalten wird?

Unser Vorbild Rudi

Wenn Rudi auf der Couch liegt, seinen Kopf über die Couchkante baumeln lässt und mich mit müden und gleichsam hochinteressierten Augen beobachtet, wenn er also so daliegt, wie ein mit sich und der Welt zufriedener Lümmel – in diesem Moment erscheint mir überhaupt nichts unlösbar.

Wenn Rudi aus jeder Hauswand und Ecke, aus jedem Laternenpfahl und Baum einen Tatort macht, den er nach frischen Spuren untersucht, dann kommt er mir vor wie der Meisterdetektiv Sherlock Holmes; und ich bin sein alter Freund Doktor Watson, den er mitnimmt, obwohl er keine geniale Spürnase ist.

Wenn Rudi sich kaum einkriegt, weil es geschneit hat und er seine Nase voll konzentriert in die dünne Schneedecke vergräbt und dabei stöhnt und schnaubt und weitertobt und schnaubt und stöhnt und sich zwischendurch nach mir umdreht mit schneeverklebter Schnauze, dann fragt mich sein Blick: »Sind die Welt und das Leben nicht ein tolles Ding?« Und ich erinnere mich an Schlittenfahrten, Schneeballschlachten, an Knickerbocker, blaugefrorene Flossen und heißen Kakao und sage: »Ja Rudi, das Leben ist schon ein tolles Ding!«

Wenn Rudi abends vor Aufregung – weil es gleich Fressen gibt! – im Aufzug kreiselt und freudig erregt ausflippt und fiept und an der Aufzugstür kratzt, weil er meint, dann würde sie sich schneller öffnen, damit er den Hausflur rauf- und runterrasen kann, bis auch ich endlich an der Wohnungstür angekommen bin und sie aufschließe – dann denke ich oft: Mann, würde ich mich freuen, wenn ich mich auch mal wieder so freuen könnte.

Wenn Rudi eine halbe Stunde bellt, weil eine Klingel im Fernsehen exakt so klang wie unsere Haustürklingel, selbst dann denke ich nicht: Mit Katze wäre das nicht passiert! Nein, ich versuche dann, seine Wachhundqualitäten zu loben (was mir oft gelingt).

Wenn Rudi nach dem Fressen einen Schritt zurückgeht, kurz verharrt, als würde er über irgendwas Großes nachdenken, um dann einen Rülpser loszulassen, dann frage ich mich: Werden Tischmanieren nicht völlig überschätzt? (Damit niemand sagen kann, er hätte aus dieser Kolumne nichts gelernt: Der Satz »Warum rülpset und furzet ihr nicht? Hat es euch nicht geschmacket?« stammt nicht – wie oft behauptet wird – von Martin Luther. Sondern von jemand anderem.)

Wenn Rudi bei Blitzeis ausrutscht, aber dank seines Vierpfotenantriebs nicht auf die Schnauze fällt, dann denke ich: Hätte ich auch so viel Bodenhaftung gehabt, wäre ich nicht hingeschlagen und hätte diese Kolumne nicht mit gebrochenem Arm schreiben müssen.

Hunde sind keine Genussmenschen

Wir Hundehalter werden ja ziemlich oft angebellt, es heißt, wir würden unseren Hund vermenschlichen. Dazu kann ich nur sagen: Pffft.

Zugegeben, ich unterhalte mich mit Rudi, als hätte er den Wortschatz eines hochbegabten Kleinkindes. Aber nie würde ich zu ihm sagen, er solle sich sein Fressen, das ich ihm gerade serviere, mal »auf der Zunge zergehen lassen«. Das wird er nie lernen. Rudi kann nur schlingen. Und da ist er keine Ausnahme. Hunde können noch so viele menschliche Eigenschaften besitzen, wenn's ums Fressen geht, gilt: Hunde sind keine Genussmenschen!

Und noch einen Unterschied zum Menschen konnte ich beobachten: Wenn sich zwei Hunde treffen, reden sie nie über einen dritten Hund. Für den Augenblick ihres Zusammenseins vergessen sie die Welt um sich herum. Sie sind sich dann selbst genug (bis sie genug voneinander haben). Dieses Interesse füreinander und die Konzentration aufeinander finde ich vorbildlich. Würden wir miteinander umgehen, wie es Hunde tun, gäbe es weniger Mobbingopfer auf der Welt.

Wenn Sie sich jetzt fragen, ob man Hunde und Menschen überhaupt miteinander vergleichen kann, dann fragen Sie sich bitte auch: Warum denn nicht? Man kann alles miteinander vergleichen – entscheidend ist, was dabei herauskommt! Sollten Sie demnächst wieder etwas miteinander vergleichen und zu hören bekommen, das könne man nicht miteinander vergleichen, denken Sie an meine Worte: Kann man doch! Entscheidend ist, was dabei herauskommt!

Wenn Ihr Hund Sie mit einem anderen Menschen vergleicht,

werden Sie immer besser abschneiden als der andere. Der kann noch so gut aussehen, noch so reich, schlau, weltgewandt, erfolgreich sein: Sie sind für Ihren Hund der beste Mensch von allen. Sie sind für ihn das Größte, größer noch als die Erfindung des Dosenfutters. Wo Ihre Füße stehen, ist der Mittelpunkt der Welt. Das ist nicht übertrieben, so sieht Ihr Hund Sie. Schön, nicht wahr?

Auch schön: Nach jeder Kolumne schreiben mir Leser über ihren Hund. Ich freue mich über jeden Brief, jede Mail (auch wenn ich nicht jede Zuschrift gleich beantworten kann, ja, auch eine Antwort an Franzi steht noch aus). Eins kann ich jetzt schon sagen: So unterschiedlich die beschriebenen Rassen, Temperamente, Erlebnisse und Geschichten auch sind – eigentlich möchten die Schreiber mir nur sagen: Ihr Rudi ist wirklich toll, aber ich würde ihn nie gegen meinen Hund tauschen. Mein Hund ist ein einziges großes Fellherz!

Ich wäre enttäuscht, würden Sie nicht so denken.

Achtung, Leine!

Das Leben ist kein Ponyhof und mit Rudi schon mal gar nicht. Auf die Frage, warum ich unser Zusammenleben hier trotzdem immer in den zartesten Pastellfarben zeichne, antworte ich: Warum denn nicht?

Die heiteren, innigen, oft magischen Momente überwiegen. Und auf die kommt's doch an. Wenn ein Kind mir auf dem Klavier etwas vorspielt, dann kann es stellenweise noch so schief klingen – irgendeinen Ton hat es gut getroffen. Und den höre ich, den lobe ich. Auch wenn das Kind selbst seine Leistung als missglückt empfindet. Dieser eine Ton, dieser eine Lauf war sehr, sehr schön gespielt, sage ich dem Kind. Und wenn sich Rudi mal nicht gut benimmt, dann erinnere ich mich an die Augenblicke, wo er sich toll benommen hat. Die überwiegen.

Mein Verständnis lässt in den letzten vierzehn Tagen aber arg zu wünschen übrig. Ich habe mir nämlich beim letzten Blitzeis den linken Ellenbogen angebrochen. Das war nicht Rudis Schuld; ich bin einfach zu schnell in eine Kurve gegangen. Wenn ich aber jetzt mit Rudi an der Leine spazieren gehe, dann laufe ich Gefahr auszuflippen. Ich vergesse nämlich zu oft, dass Rudi keinen Bremsweg hat. Sobald er irgendwo etwas riecht, bleibt er abrupt und wie angewurzelt stehen. Wenn ich Pech habe, halte ich die Leine dann gerade in der linken Hand; die Leine strafft sich und zieht mit einem Ruck an meinem Arm. Aaaua! Ich schreie: »Mann, Rudi!« Im Sinne von: »Verdammt noch mal! Musst du an jedem blöden Fleck stehen bleiben und schnüffeln? So interessant kann das doch nicht sein! Stell dir doch mal vor, ich würde im Kiosk jedes Magazin durchblättern! Dann würdest du ganz schön blöd gucken!«

Da fällt mir ein, wie sehr ich es liebe, wenn Rudi blöd guckt. Und blöd gucken tut er immer dann, wenn ich etwas mache, was in seinen Augen blöd ist; zum Beispiel, wenn ich »Mann, Rudi!« schreie.

Vielleicht ist für Rudi ja jeder Fleck wie eine Brieftasche, die jemand verloren hat. Und da muss er doch gucken, was drin ist, wem sie gehört, ob hier kürzlich eine nach Liebe schmachtende Frau vorbeigegangen ist oder ein auf Krawall gebürsteter Mann. Mann, Gillmann, würdest du doch auch machen, wenn du ein Hund wärst.

Stimmt. Also werde ich, solange mein linker Ellenbogen angeknackst ist, die Leine in die rechte Hand nehmen. Und in jedem Hundepipifleck auf der Straße eine Brieftasche sehen.

Berühmte Hundefreunde

Fragen Sie sich auch, ob Sie Ihren Hund zu sehr verherrlichen und verwöhnen? Zu sehr für jedes befolgte »Sitz!«, »Platz!«, »Komm!« loben? Fragen Sie sich auch manchmal, ob Sie in Ihrem Hund mehr sehen als einen Hund? Wenn ja, müssen Sie sich keine Sorgen um Ihren Gemüts- und Geisteszustand machen. Sie sind, wie man so schön sagt, in bester Gesellschaft.

Schauspieler, Schriftsteller, Philosophen und Staatsmänner haben sich Gedanken gemacht über dieses Wesen, das man »ein Herz auf vier Pfoten« nennen könnte. Sie alle haben klar ausgedrückt, was wir Hundefreunde oft nur dumpf empfinden.

Natürlich kann man ohne Hund leben – es lohnt sich nur nicht.
Heinz Rühmann

Je mehr ich von den Menschen sehe, umso lieber habe ich meinen Hund.
Friedrich der Große

Alles Wissen, die Gesamtheit aller Fragen und aller Antworten ist in den Hunden enthalten.
Franz Kafka

Wer nie einen Hund gehabt hat, weiß nicht, was Lieben und Geliebtwerden heißt.
Arthur Schopenhauer

Der eigene Hund macht keinen Lärm, er bellt nur.
Kurt Tucholsky

Mein Hund ist als Hund eine Katastrophe, aber als Mensch unersetzlich.
Johannes Rau

Ich hoffe zuversichtlich, im Himmel meinen Hunden wieder zu begegnen.
Otto von Bismarck

Lebensfreude lässt sich am besten vom Hund lernen.
Nina Sandmann

Gib dem Menschen einen Hund, und seine Seele wird gesund.
Hildegard von Bingen

Und jetzt mal Hand aufs Herz: Denken Sie nicht ähnlich, wenn Sie in die Augen Ihres Hundes schauen? Er leckt einem durchs Gesicht – und schon sind ein paar Sorgen für einen Augenblick aus der Welt. Ich kenne keinen Menschen, über den ich das sagen könnte.

Das Dressurpferd

Einem Hund maßvolles Fressen beizubringen, ist schwerer als eine Schwingtür zuzuschlagen. Und Cocker Spaniel sind noch mal einen Tick gefräßiger. Ich weiß, wovon ich rede – Rudis Mama ist eine Cockerdame. Um zu sehen, ob sie das Gefühl »pappsatt« kennt, hat ihr ihre Züchterin mal einen Berg Spaghetti vorgesetzt. Rudis Mama fraß und fraß und fraß … dann machte sie eine Pause, übergab sich – und fraß weiter, als sei sie gerade von einem kräftezehrenden Spaziergang nach Hause gekommen.

Rudis Papa ist kein Cocker, sondern ein Pudel, und die gelten ja als besonders klug. Rudi, der Cockerpoo, müsste also klug und verfressen sein. Ob er so klug ist, sich nicht zu überfressen, habe ich noch nie ausprobiert, ich werde es auch nicht tun. Zumal Rudis Appetit nach seiner Kastration gewachsen ist. Wenn er wüsste, dass Norweger weltweit am meisten für Hundefutter ausgeben, würde er auswandern. Vertrauen ist gut, Verdauen ist besser.

Damit er nicht irgendwann aussieht wie ein Fass ohne Hoden, achte ich darauf, dass Rudi sein vom Tierarzt empfohlenes Gewicht hält. Rudi seinerseits achtet darauf, dass ihm nichts Essbares entgeht, selbst die Brotkrumen, die Menschen den Vögeln hingeworfen haben, saugt er auf wie ein Staubsauger. Schon zweimal musste ich ihm fettige Meisenknödel aus dem Maul holen. Igitt.

Peinlich wird's, wenn er sich vor Leuten, die auf einer Parkbank Mittagspause machen, hinsetzt und sie so lange ausgehungert anguckt, bis sie ihm ein Stück Käse oder Wurst geben. Brot nimmt Rudi übrigens auch gern. Was er gar nicht mag, ist Kuchen. Weder von der Straße noch aus der Hand. Wenn ich dann dazukomme, schauen mich die Mittagspausenmacher an, wie man jemanden anschaut, der seinen Hund schlägt.

Noch unangenehmer ist, wenn Rudi Passanten hinterhergeht, die irgendein Essen *to go* in der Hand halten. Rudi hält dann die schnuppernde Nase hoch in die Luft und tänzelt dabei wie ein Dressurpferd. Die Leute finden es ulkig, ich fühle mich dann immer genötigt zu erklären, dass Rudi genug zu essen bekommt, aber jetzt, wo er kastriert wurde … blabla, denken die Leute, blabla, würden Sie Ihrem kleinen süßen Hund genug zu fressen geben, müsste er nicht betteln gehen.

Einmal war ich auf mich so sauer, weil ich wieder Entschuldigungen gestammelt hatte, da habe ich zu einer Frau gesagt: »Finden Sie nicht auch, mein Hund ist so süß, in China wäre er bestimmt ein Dessert.«

Kam nicht so gut an der Witz.

Fang mich doch, du Eierloch!

Die Frage, vor der ich mich am meisten fürchte, lautet nicht: »Sind Sie dafür nicht zu alt?« Nein, die Frage, die mir fast täglich gestellt wird und mich nervös und panisch werden lässt, lautet: »Rüde?«

»Rüde?« heißt »Achtung!«. »Rüde?«, schreit der Hundebesitzer, der einen Rüden ausführt und dem beim Anblick eines anderen Hundes einfällt, dass sein Rüde keine anderen Rüden mag. »Rüde?«, wird immer aus einer Entfernung geschrien, die mir genügend Zeit lässt, Rudi anzuleinen und ihn vom rüdenfeindlichen Rüden fernzuhalten. Wenn ich Glück habe. Doch manchmal habe ich kein Glück. Wie letzte Woche.

Rudi rannte auf einen Rüden zu, der keine anderen Rüden mag. Hopsend, schwanzwedelnd, juppheidi und juppheida, wie es so Rudis Art ist. Um mich und den anderen Hundebesitzer zu beruhigen, schrie ich: »Das ist aber ein junger Rüde! Und kastriert ist er auch!« Woraufhin der Hundebesitzer schrie: »Das ist meinem Oskar egal!« Also lief ich schreiend und wild winkend hinter Rudi her, was Rudi als Einladung zum Fang-mich-doch-du-Eierloch-Spiel verstand. Oskar auch. Und so jagten wir beide hinter Rudi her. Oskar und Rudi spielten noch ein bisschen weiter Fangen. Dann blieben sie hechelnd nebeneinander stehen. Wie Tausendmeterläufer, die gerade noch Gegner waren und jetzt einfach nur froh sind, dass das Rennen vorbei ist.

Ich gesellte mich zu ihnen. Ein Hecheln und Japsen erfüllte die Luft. Ich war groggy. Aber glücklich. Wie damals, zu meiner Studentenzeit, als wir jung waren und kein Geld hatten für Profi-Möbelpacker. Also halfen wir uns gegenseitig, Zeugs und Waschmaschinen in die neuen Buden zu schleppen. Schön war's.

Nun standen wir drei Sportsfreunde zusammen. Mein Kreislauf berappelte sich langsam. Und Oskar fiel wieder ein, dass er eigentlich keine Rüden mag. So jedenfalls guckte er Rudi jetzt an. Weil ich keine Lust auf eine weitere Runde Fang-mich-doch-du-Eierloch hatte, leinte ich Rudi an, während ich auf Oskar einredete wie ein Anti-Aggressivitäts-Trainer.

Dann kam sein Herrchen daher. Er war noch gut bei Puste. Als er seinen Oskar anleinte, sah er zu mir hoch und sagte lächelnd: »Respekt, für so was wäre ich zu alt.«

Fünf tolle Ausreden für Zuspätkommer

Wenn Rudi morgens seine Nase in alles stecken muss, was nicht bei drei auf den Bäumen ist; wenn er seine Kumpel Oskar und Viktor trifft und die drei erst mal ein paar Runden Fang-mich-doch-du-Eierloch spielen, wenn Rudi also wieder für jeden Spaß zu haben ist – dann kommen wir zu spät ins Büro. Das passiert nicht oft, aber doch so oft, dass ich nicht jedes Mal Rudi die Schuld in die nicht vorhandenen Schuhe schieben kann. Das wäre ja gemein, feige, und ungerecht.

Ich weiß nicht, wie es mit Ihrem Hund ist, aber Rudi kennt keine Termine (außer, dass um 19.30 Uhr Mahlzeit ist, darauf legt er Wert). Ansonsten gilt: »Termine? Hab ich nicht, brauch ich nicht!« Beneidenswert, nicht wahr? Ähnlich beneidenswert ist seine Gabe, befreit von allen Sorgen des Tages einschlafen zu können. Grübeln ist von Übel. Wie es ist, so ist es.

Mit solchen Erklärungen kann ich meinen Chefs natürlich nicht kommen. Zumal meine Chefs keinen Hund haben und deshalb keine Ahnung von den wirklich wichtigen Dingen des Lebens. Aber zum Glück hatte ich ja auf dem Weg ins Büro genügend Zeit, mir ein paar Ausreden für unsere Verspätung einfallen zu lassen. Hier verrate ich Ihnen die Top 5 meiner Ausreden. Und das Beste an ihnen ist: Sie sind noch nicht verbraucht.

Ich habe einer älteren Dame über die Straße geholfen, die wirklich sehr langsam ging.

Wollte mal sehen, ob ihr mich vermisst.

Mein Auto war weg. Erst dachte ich, es sei abgeschleppt worden, dann fiel mir ein, dass ich kein Auto habe.

Ich habe geträumt, es sei Samstag. Erst als ich beim Frühstück die Zeitung las, sah ich, dass Montag ist.

Ich war früher ein Hippie, ohne jegliches Zeitgefühl. Und heute ist der Hippie wieder in mir wach geworden.

Als ich Rudi meine nagelneuen Ausreden vorlas, legte er seinen Kopf schief, sprang mir dann auf den Schoß und leckte mir durchs

Gesicht. Das macht er nur, wenn er sehr zufrieden mit mir ist. Mal sehen, was meine Chefs davon halten.

Der nächste Morgen kommt bestimmt, früher oder später.

Der beste Moment ist immer jetzt

Mein Leben besteht zu einem großen Teil aus Katastrophen, die nicht eintreten. Wenn ich an bevorstehende Dinge denke, wächst kein Gras mehr. Meine Fähigkeit, alles schwarz zu sehen, ist so unendlich wie das Universum. Jede Angelegenheit wird zum Problem. Jedes Problem zur Hürde, die mir das Genick brechen wird. Und wenn es dann längst nicht so schlimm kommt, wie es hätte kommen können, dann denke ich: Glück gehabt, Junge! Und gleich danach: Wie lange wirst du noch Glück haben?

Obwohl ich nicht abergläubisch bin, weil ja Aberglaube Unglück bringen soll, klopfe ich nun dreimal auf das Holz meines Schreibtisches und sicherheitshalber auch dreimal gegen meinen Kopf – tock, tock, tock – und schreibe den Jubelsatz: Rudi hat die Kastration gut überstanden! Zwei Monate ist der Eingriff jetzt her und Rudi ist ganz der Alte geblieben!

Sie können sich gar nicht vorstellen, was ich mir alles vorgestellt habe. Rudi wird keinem Ball mehr hinterherjagen, sondern mir klarmachen, dass ich, wenn mir so viel an dem blöden Ball liegt, ihn nicht wegwerfen soll. Andere Hunde wird er stehen lassen wie einen Napf mit fleischlosem Futter. Er wird den ganzen schönen Tag vor dem Fernseher liegen und sich nur von seiner Couch plumpsen lassen, wenn die Kühlschranktür geöffnet wird. Damit er sich überhaupt ein bisschen bewegt, werde ich dauernd die Kühlschranktür auf- und zumachen müssen, dachte ich.

Dass es dann so anders kommt, als ich dachte, hätte ich nicht gedacht. Wenn er merkt, dass es raus geht, wälzt er sich vor Vergnügen auf dem Teppich. Er jagt alles, was nicht bei drei auf den Laternen ist. Wie vor zwei Monaten bleibt Rudi immer noch alle paar Meter stehen, um zu prüfen, ob sein Schniedel noch da ist. Jeder Hund wird begrüßt wie ein alter Freund, den er ewig nicht gesehen hat. Und wie reagieren die Kumpel? Als wäre nichts geschehen. Ist es ja auch noch nicht.

Der Tierarzt sagt nämlich, das von den Hoden produzierte Testosteron werde erst sechs Monate nach der Kastration aus Rudis Körper verschwunden sein. Und was dann? Wird Rudi dann …

Bevor ich jetzt wieder anfange, den Teufel an die Wand zu malen, genieße ich das Jetzt. Und denke: Es kommt, wie es kommt, und dann ist es, wie es ist.

Mit diesem Gedanken kann ich leben.

Rudi bringt mir sprechen bei

Lassen Sie mich zuerst eine Frage von Kirsten Thon beantworten. Ja, liebe Frau Thon, Rudi gibt es wirklich! Er ist keine Erfindung von mir. Rudi ist ein fantastischer Hund, aber er ist kein Fantasiehund. Die alltäglichen Abenteuer, die ich mit ihm erlebe, sind alle wahr. Jedenfalls wahrer als die Abenteuer, die das Herrchen von Lassie mit Lassie erlebt hat.

Wäre Rudi eine Erfindung von mir, dann, liebe Frau Thon, würde ich ihn Kinder aus ausgetrockneten Brunnen retten lassen. Oder er würde im Zirkus auftreten. Aber nicht als Pudel, der auf einem Ball durch die Manege trippelt. Sondern als Clown, der das Publikum auch ohne rote Nase, Pluderhosen und Riesenlatschen zum Lachen bringt. Und damit, liebe Frau Thon, verlassen wir jetzt die Fantasiewelt. Und kehren zurück ins wahre Leben, das ja überraschend und wundersam genug ist.

Rudis Mama ist weißbraungefleckt, Rudis Papa hellbraun. Warum ihr Sohn schwarz ist, weiß nur Mutter Natur. Und ein paar Biologen könnten mir das sicher auch erklären. Müssen sie aber nicht. Denn Rudis Fellfarbe interessiert mich genau null. Ich bin grau, er ist schwarz. Wir passen optisch also gut zusammen. Und ansonsten ergänzen wir uns großartig.

Ich bin eher der Typ, der Menschen sehr gern aus der Ferne sieht. Rudi hüpft auf alles zu, was zwei plus vier Beine hat. So komme ich zwangsläufig mit dem Zweibeiner ins Gespräch, während sich Rudi mit dem Vierbeiner über dies und das unterhält. In den zwei Jahren, in denen Rudi an meiner Seite ist, habe ich mit mehr fremden Menschen gesprochen als ein Politiker im Wahlkampf. Meine Facebook-Freundschaften lagen erst auf Eis, dann sind sie weggeschmolzen. Und auch das ist wahr, liebe Frau Thon: Ich hätte es nicht für möglich gehalten, dass ich mich mit fremden Leuten wohler fühle als mit Facebook-Freunden.

Es wäre übertrieben zu sagen, dass ein Leben ohne Hund nicht lebenswert ist. Aber ein Hund macht das Leben einfach kompletter. Hundebesitzer verstehen mich, wenn ich sage: Jeder Mensch sollte einen Rudi haben.

Ups. Ich merke gerade, dass ich mich die ganze Kolumne über mit Kirsten Thon unterhalten habe. Aber nun mal Hand aufs

Herz, liebe Leserinnen und Leser, die mitgehört haben: Lauschen wir nicht alle ganz gern?

Der Sockenfetischist

Es bringt ja nichts, um den heißen Brei herumzureden. Und den Brei unter den Teppich zu kehren, kann auch nicht die Lösung sein. Früher oder später rutscht man auf dem Breimatsch aus, und dann hat man erst recht den Salat. Nein, Freunde sollten die Karten auf den Tisch legen und sagen, was Sache ist. Heute ist der Tag! Ich habe lange nach den richtigen Worten gesucht. Und dann fiel mir ein, dass die Wahrheit kein Gesülze verträgt. Sie muss raus – ohne Wenn und Aber. Und so lasse ich also jetzt die Wahrheit raus: Rudi ist ein Sockenfetischist!

Und es kommt noch schlimmer. Rudi ist ein heimtückischer Sockenfetischist. Er liebt und verehrt Socken, so wie andere Fetischisten Stöckelschuhe oder Tischtennisbälle lieben und verehren. Sie lachen? Doch, doch, es gibt Menschen, die es glücklich macht, wenn sie hören, wie Tischtennisbälle zerdrückt werden. Das habe ich irgendwo gelesen. Rudi machen Socken glücklich. Aber nicht die, die ich ihm freiwillig zum Spielen und Zerreißen gebe. Diese geschenkten Socken lässt er nach wenigen Minuten irgendwo in der Wohnung liegen. Geschenkte Socken reizen ihn nicht besonders. Rudi braucht den Nervenkitzel, um Befriedigung zu finden. Das heißt: Er muss die Socken klauen.

Entweder die vom Bett, die ich mir rausgelegt habe, bevor ich unter die Dusche gehe. Oder er klaut sich die Socken aus dem Wäschehaufen, der gleich in die Waschmaschine gesteckt werden soll. Ob Socken frisch oder getragen sind, ist Rudi egal. Geklaut müssen sie sein! Und dann will er auch nicht mit ihnen spielen oder sie in Stücke reißen wie ein Stück Fleisch. Nein, er will beim Sockendiebstahl erwischt werden.

Also zieht er eine Socke aus dem Schmutzwäschehaufen; so vorsichtig, als würde er ein Mikado-Stäbchen aus dem Stäbchen-Chaos ziehen. Und während ich die Waschmaschine fülle, tippelt er ganz sachte zurück auf seine Couch. Da Rudi aber nicht auf Zehenspitzen gehen kann, höre ich das Klicken seiner kleinen Krallen. Drehe ich mich dann um, springt er auf seine Couch und guckt mich an, als wolle er sagen: »Is was?«

Ich tu dann immer ganz entrüstet und sage Sachen wie: »Rudi, du alter Gangster. Du sollst doch keine Socken klauen, das weißt du doch.«

Das gefällt ihm. Geschickt klauen, möglichst geräuschlos mit dem Diebesgut verschwinden, erwischt werden und dann eine Standpauke bekommen. Wie ernsthaft sauer ich bin, sieht er an meiner Mimik.

Wahrscheinlich ist Rudi der komischste Sockenfetischist der Welt.

Rudi und das schrankgroße Pelzwesen

Kurz bevor Rudi Opfer eines Beißangriffs wurde, hatte er noch einen schönen Moment. Ein kleines Mädchen mit Pippi-Langstrumpf-Zöpfen verabschiedete sich von ihm, nachdem er sich ausnahmsweise von fremden Händen hatte streicheln lassen, mit den Worten: »Tschüss, kleiner Wolf.«

Hunde können nicht jedes Wort verstehen. Aber sie können hören, wie der Mensch es sagt. Und das Wort »Wolf« aus dem Munde von Pippi Langstrumpf muss meinem kleinen Cockerpoo runtergegangen sein wie Pansen. Da Rudi mit Komplimenten genauso schlecht umgehen kann wie ich, tat er so, als sei alles halb so wild. Doch innerlich ging er jetzt irgendwie breitbeiniger. Er tippelte nicht mehr wie ein Lipizzaner aus der Wiener Hofreitschule. Nein, Rudi ging irgendwie, als hätte er eine eng geschnittene Lederjacke an, auf der mit Silbernieten steht: Cooler Hund.

Den riesengroßen Kollegen, der plötzlich aufhörte, seinem Stöckchen hinterherzujagen, den ignorierte Rudi. Er war schließlich ein Wolf. Stöckchen jagen doch nur Schoßhunde! Ob Rudi überheblich guckte, weiß ich nicht. Der große Hund fühlte sich aber provoziert. Und schoss ohne Vorwarnung auf Rudi zu. Rudi erschrak, wie nur Rudi erschrecken kann. Und dann? Dann sah ich einen kleinen Hund unter einem schrankgroßen Pelzwesen. Und einer von beiden quiekte so erbärmlich, dass ich gar nicht so schnell laufen konnte, wie ich hinwollte. Das Quieken kam von Rudi.

Da ich nicht weiß, ob Kinder diese Kolumne lesen, schildere ich den Anblick, der sich mir bot, nicht. Nur so viel sei gesagt: Nachdem ich Rudi zur Beruhigung gestreichelt hatte, waren meine Hände rot. Blutrot. Ich raste mit ihm zum Tier-Notdienst, wo er an der Hüfte mit sechs Stichen genäht werden musste; drei links, drei rechts. Unter Vollnarkose. Vorher wurde er rasiert, so dass er nach der OP aussah wie ein Kampfhahn nach dem Kampf. Schlimm, schlimm, schlimm.

Als er wieder zu sich kam, streichelte ich seinen müden Kopf und sagte immer wieder: »Armer kleiner Wolf, armer kleiner Wolf.« Statt einer eingebildeten Lederjacke trägt er jetzt eines meiner alten T-Shirts. Gleich am Montag werde ich einen Wäschefarbstift kaufen und aufs T-Shirt schreiben: Ich bin ein Wolf, holt mich hier raus!

Knapp dreihundert Euro hat das Flicken von Rudi gekostet. Die Halter des Angreifers gaben mir ihre Adresse – für den Fall, »dass was sein sollte«. Leider kann ich die Adresse nicht entziffern. Ich war in dem Moment zu zittrig.

Ich bin eben kein so cooler Hund wie Rudi.

Prügelknabe Rudi

Es war doch alles schlimmer als gedacht. Um sich vorzustellen, wie sich Rudi am Tag nach dem Angriff des großen Hundes fühlte, müssen Sie sich Folgendes vorstellen: Sie gehen pfeifend durch einen Park, freuen sich über die bunten Bänder, die der Frühling schon ausgeworfen hat – und plötzlich springt Vitali Klitschko aus dem Gebüsch. Und noch bevor Sie sagen können »Ich dachte, Sie seien in der Ukraine«, nimmt Vitali Klitschko Sie in die Zange. Und – bumms! – ein linker Nierenhaken. Und – kazeng! – ein rechter Nierenhaken. Aua, aua, aua! Das möchte man sich lieber nicht vorstellen.

Aber so ähnlich war es Rudi mit dem großen Hund ergangen. Und so fühlte er sich am nächsten Tag. Er versteckte sich unter dem Sofa, auf dem er sonst immer lümmelte. Nicht mal die Leckerlis, die ich vor die Couch legte, konnten ihn locken. Hatte er Schmerzen? Dann würde er doch wimmern. Gab er keinen Mucks von sich, weil er Angst hatte, der Monsterhund würde ihn dann holen? Meine beruhigenden Worte konnten ihn nicht beruhigen.

Also lagen wir beide herum; Rudi unter der Couch, ich davor. Und vor der Tür stand der Frühling und durfte nicht herein.

Wie schön könnten wir jetzt spazieren gehen. Wohl eher langsam. Denn Rudis frische OP-Narben an der Hüfte würden kein Rumgehopse erlauben, das konnte ich sehen. Doch Rudi wollte nicht. Er lag platt unter seiner Couch und machte ab und zu »pffft«. Ich erinnerte ihn an das kleine Mädchen mit den Pippi-Langstrumpf-Zöpfen, die ihn »kleiner Wolf« genannt hatte. Rudi seufzte nur traurig.

Als die Sonne unterging und der Zeiger der Küchenuhr auf Mahlzeit wanderte, füllte ich seinen Fressnapf. Normalerweise liegt Rudi schon dreißig Minuten vor Mahlzeit vor dem Kühlschrank. Doch jetzt blieb er unter der Couch.

Erst nach unfassbar langen zwei Stunden quälte er sich darunter hervor. Er schaute mich matt an und schleppte sich wie ein Boxer nach der dreizehnten Runde zu seinem Fressnapf. Noch nie habe ich Rudi so langsam fressen gesehen!

Aber er fraß, immerhin. Danach kroch er wieder unter seine Couch und blieb dort liegen, als ich ins Bett ging. Normalerweise kriegt er dann ein Betthupferl und begleitet mich ins Schlafzimmer. Diesmal nicht.

Was für ein trauriger Scheißtag!

Bevor ich das Licht löschte, erinnerte ich Rudi noch an eine Lebensweisheit von Charlie Brown, dem Freund von Snoopy: In der dunkelsten Stunde der Seele ist es immer drei Uhr morgens.

Oje, mein Rudi ist hochbegabt

Es gibt Eltern, die haben ein hochbegabtes Kind. Oje. So ein hochbegabtes Kind langweilt sich einen Ast, wenn seine außerordentliche Intelligenz nicht entdeckt wird. Die Lehrer werten das Gelangweiltsein als Desinteresse, für seine Mitschüler ist der Hochbegabte irgendwie schräg. Die Eltern verzweifeln. Es ist ein Jammer. Meine Eltern hatten es da gut. Ich war ein ganz normal durchschnittlicher Schüler.

Aber jetzt habe ich den Salat! Denn als Rudis Erziehungsberechtigter bin ich für sein leibliches und geistiges Wohl verantwortlich. Bei seinem Fressen achte ich auf Nährstoffe, Frische und Abwechslung. Doch wenn ich Rudi zwischen seinen Mahlzeiten beobachte, komme ich zu dem Ergebnis: Mein Rudi ist hochbegabt. Oje. Das hat er von seinem Vater, der ein Pudel ist. Und in der Rangliste der intelligentesten Hunderassen belegt der Pudel Platz zwei, hinter dem Border Collie. Schäferhunde, Golden Retriever oder Rottweiler sind auch klug, aber eben nicht so klug, lern- und wissbegierig wie Pudel. Es gibt Intelligenzlisten, da rangiert der Pudel nur an achter Stelle. Soll mich das beruhigen? Würde ich zu den zehn intelligentesten Menschen der Welt gehören, wäre ich nicht SUPERillu-Kolumnist. Sondern SUPERillu-Chefredakteur. So kann man nicht denken, sagen Sie. Stimmt. Da sehen Sie mal, wie dumm ich bin.

Rudi hält mich nicht für dumm, denke ich jetzt mal. Und wenn doch, lässt er es mich nicht spüren. Das nenne ich eine schöne Seele. Kluge Menschen nennen diese Gabe emotionale Intelligenz. Auch das noch! Kluger Kopf *und* kluges Herz! Bleibt die Frage: Biete ich meinem kleinen Schlaui genug geistiges Futter?

Okay, ich habe ihm beigebracht, mir nach dem Essen Pfötchen zu geben. Macht er auch. Obwohl er sich wahrscheinlich wundert: »Was soll das, Blödmann? Glaubst du wirklich, dass ich mit dieser Zirkusnummer bei meinen Kumpel was reißen kann? Aber gut, wenn ich dir damit eine Freude machen kann – hier hast du meine Pfote. Nichts zu danken.«

»Doch, doch Rudi, vielen Dank. Zur Belohnung gehen wir jetzt raus und spielen das doofe Hol's-Stöckchen-Spiel. Denn zwei so große Geister wie wir müssen auch einfach mal was total Sinnloses machen.« Und auf dem Heimweg singen wir das Lied: »Große Gedanken, kleines Gehirn; einer kommt weiter und der hat dich gern«.

Lang lebe Erich!

Es gibt eine Zeit vor Rudi und es gibt eine Zeit mit Rudi. Die bessere Zeit meines Lebens geht nun ins dritte Jahr; und in dieser Zeit sind er und ich so zusammengewachsen, dass ich diese Zeit die Erich-Zeit nennen möchte. Denn er plus ich ergibt zusammen: Erich.

Doch wie jede Zeit hatte auch die Erich-Zeit ihre Tiefen. Für all jene, die sich nicht an jeden Moment der vergangenen Erich-Zeit erinnern können: Ein Spielkamerad von Rudi brach mir einmal beim Herumtollen versehentlich die Kniescheibe, weswegen ich zwei Wochen im Krankenhaus liegen musste. Als ich Rudi erzählte, dass es im Krankenhaus um sechs Uhr morgens Frühstück, um 11.30 Uhr Mittagsessen und um 17 Uhr Abendbrot gibt, da spitzte er seine Schlappohren. Und ich konnte seinen

Wunsch von den Augen ablesen: Rudi wollte ein Mensch werden. Ein für kurze Zeit leicht beschädigter Mensch.

Wenn ich mir Rudi als Mensch vorstelle, dann fällt mir sofort Jörg Pilawa ein. Ja, ich denke: Als Mensch wäre Rudi der stets nette, freundliche Quizmoderator Jörg Pilawa. Also das exakte Gegenteil von mir. Nicht dass ich nicht auch schlaue und halbschlaue Fragen stellen kann. Nur kann ich nie so nett und freundlich sein, wie ich im Inneren eigentlich bin. Würde es uns dann besser gehen, wenn ich so nett und freundlich wäre wie Jörg Pilawa? Beziehungsweise: Wenn ich so wäre wie Rudi?

Ich glaube nicht. Ich bin nicht wie er, und er ist nicht wie ich. Aber zusammen sind wir Erich. Eine unschlagbare Kombination aus Optimist und Schwarzmaler. Es gibt zwischen uns auch keinen Neid. Jeder erkennt die Leistung des anderen an. Ich kann Kühlschranktüren öffnen, er kann ein Salamibrot, das unter einem Auto liegt, aus zehn Metern Entfernung riechen.

Wir sind ein ungleiches Paar, das in den Tag hineinlebt wie ein altes Ehepaar, dem ja erst was fehlt, wenn der andere einmal nicht da ist. Dann fällt dem einen auf, dass es sich besser zusammen langweilen lässt als allein. Sich zusammen langweilen zu können, das ist in einer Beziehung mehr als die halbe Miete. Klingt das frustrierend? Doch wohl nur für Paartherapeuten, die arbeitslos werden, wenn sich diese Erkenntnis durchsetzt.

Sich zusammen langweilen zu können, ist das eine. Das andere ist: Geheimnisse haben! Ich zum Beispiel werde Rudi nie erzählen, dass Norwegen für Hunde das Schlaraffenland sein muss. Denn Norweger geben weltweit am meisten Geld für Hundefutter aus. Nach Norwegen zu kommen wäre für Rudi zwar nicht leicht. Doch sehr viel leichter, als in einem Krankenhaus für Menschen als Patient aufgenommen zu werden.

Lang lebe Erich!

Das Brathähnchen schlägt alle

Statistisch gesehen, haben Ostdeutsche mehr Herz als Westdeutsche; jedenfalls wenn es um Tiere geht. Denn in Ostdeutschland leben mehr Haustierfreunde als in Westdeutschland. Im Osten haben 36,8 Prozent der Menschen ein Tier, im Westen sind es 27,8 Prozent. Doch ob Ost oder West, Nord oder Süd: Auf der Rangliste der beliebtesten Haustiere schlägt der Hund (47,1 Prozent) die Katze (44,2 Prozent). An dritter Stelle im Haustier-Zoo nagen Meerschweinchen, Hamster oder Kaninchen (17,2 Prozent). Und Fische sind 0,5 Prozent beliebter als Vögel (9,6 zu 9,1 Prozent).

Und warum glaube ich dieser Statistik nicht? Nun, weil ja wohl kein Tier in deutschen Haushalten häufiger vorkommt als das: Brathähnchen! Jawohl: Brathähnchen schlägt Hund und Katze! Dieses Tier haben Groß und Klein ja wirklich »zum Fressen gern« (die acht Prozent der eingefleischten Vegetarier, die es mittlerweile zwischen Görlitz und Sonthofen gibt, vergessen wir jetzt einmal). Brathähnchen also.

Und da kommt auch schon Rudi ins Spiel. Rudi, der Niedliche. Wie fast alle anderen Menschen auch, unterscheide ich Tiere in zwei Arten: in essbare und in niedliche. Lämmchen, Kälbchen, Häschen und Kaninchen sind mir allerdings zu niedlich zum Essen. Die Kälbchen seien doch selbst schuld, sagen jetzt die Kälbchenesser, würden die nicht so gut schmecken, würde sie auch kein Mensch essen. Das sehe ich anders. Außer Brathähnchen esse ich nur noch ein Tier mit »chen« am Ende. Fischstäbchen! Alle anderen chen-Tiere werden gestreichelt, nicht gegessen.

Rudi mag übrigens keine Fischstäbchen. Auch mit geräucherter Forelle spielt er nur herum. Würste hingegen könnten, ginge es nach ihm, mehr als zwei Enden haben. Gefragt nach seinem Lieblingstier würde Rudi sagen: »Wurscht, Hauptsache viel!«

Ja, so ist er und so isst er, der niedliche Rudi. Womit Rudi das alte Sprichwort widerlegt: »Du bist, was du isst«. Denn auch Niedliche können es roh und blutig mögen; und besonders gern hat es Rudi, wenn sein Fressen nach sehr totem Fleisch riecht.

Klar: Vögel sind geruchloser zu füttern und anders als Rudi bilden sie es sich nicht nur ein, fliegen zu können. Trotzdem würde ich Rudi gegen keinen Vogel der Welt eintauschen. Nicht mal gegen kostenlose Brathähnchen auf Lebenszeit.

Rudi hat Humor

Wenn Rudi vom Frisör kommt, erinnert er mich immer an einen kleinen Jungen in kurzen Hosen, der sich beim Fußballspielen auf dem Bolzplatz die Knie aufgehauen hat und jetzt bloß nicht heulen will. Klingt bescheuert, nicht wahr? Ist aber so. Ich bin dann immer so was von gerührt. Nennt es Kitsch, ich nenne es Gefühle.

Dabei sind Rudi und ich gar nicht so die Romantiker. Wir brauchen keinen Kerzenschein beim Essen. Servietten lege ich schon lange nicht mehr auf, weil Rudi nur darauf wartet, sie zu zerfleddern oder mit ihnen durch die Wohnung zu pesen. Nee, wenn ich fettige Finger habe, wische ich sie in Rudis weichen Schlappohren ab. Das war jetzt ein Witz, um wieder herauszukommen aus dieser Gefühlsduselei. Dachten Sie wirklich, ich würde mir meine Fettfinger mit Rudis Schlappohren abwischen?

Obwohl, jetzt, wo Sie es sagen … Nein, wirklich nicht. Stopp! Schluss! Aus! Witz!

Sich über den kleinen Kerl lustig zu machen, das geht ja nun mal gar nicht. Also streichle ich jetzt über Rudis geschorenen Kopf und sage zärtlich: »Ach, Rudi. Wenn ich dich nicht hätte, dann hätte ich einen anderen.« Manno, was ist los mit mir?! Also wirklich! Ich sollte mich schämen, so etwas überhaupt nur zu denken. Aber wissen Sie was, ich glaube, Rudi versteht, dass ich Spaß mache. Ich glaube, Rudi hat Humor. Und wenn ich seine Mimik so gut lesen könnte, wie er meine Mimik lesen kann, dann könnte ich sehen, dass er meine Idee, seine süßen Schlappohren als Serviette zu benutzen, lustig findet. Ich bin absolut sicher: Rudi hat Humor! So wie jeder Hund Humor hat. Anders ist die Hunde-Welt doch gar nicht zu ertragen. Rudi muss es doch komisch finden, dass ich ihm verbiete, sich in toten Vögeln oder getrockneten Kuhfladen zu wälzen. Nur weil ich es nicht mache, soll er es auch lassen? Ha, ha, ha! Aber er muss so tun, als sei ich völlig normal, wenn ich mich morgens mit irgendwas einsprühe. Die spinnen doch, die Menschen. Da kann Rudi doch nur in sich hineinkichern.

Aber weil er eben nicht nur ein lustiger kleiner Kerl ist, sondern auch ein feiner kleiner Kerl, gibt er mir das Gefühl, sich mit Parfüm einzusprühen, sei normal, sich in Kuhfladen zu wälzen, sei behämmert.

Und so komisch mich Rudi auch findet: Nie würde er im Beisein seiner Kumpel über mich lachen.

Ach, Rudi, wenn ich dich nicht hätte, dann wäre mir kalt. Kein Witz.

Rudi Sorglos

Was ich mache, wenn ich sauer bin, weil Rudi etwas Besseres zu tun hat, als aus dem Gebüsch zu kommen? Etwas Besseres ist meistens: Er hat in dem für mich unzugänglichen Gebüsch irgendwas zu fressen gefunden und schlingt es jetzt – so viel kann ich erkennen – in einem Tempo hinunter, bei dem jede ausgehungerte Hyäne staunen würde.

Irgendwas von der Straße zu fressen, das geht nun gar nicht. Das kann ja sonst was sein! Was ich also mache, wenn ich sauer bin? Dann klingt mein »Sitz« so scharf, dass Rudi innerlich mit den Ohren schlackert. Und überlegt, ob er jetzt besser gehorchen oder Fersengeld geben sollte. Er entscheidet sich dann doch zögernd fürs Gehorchen und schaut mich dabei an wie ein Schaf im Regen. Ich leine dann das traurige, schwarze Schaf an – und bin sauer auf mich. Weil ich ihm offensichtlich nicht eindringlich genug klargemacht habe, dass alles Fressbare, das auf der Straße oder im Gebüsch liegt, ein »Nein!« ist. Ausnahmen gibt es nicht!

Richtig ist auch: Rudi frisst so gern, er würde mir die Haare vom Kopf fressen, würden sie nach Pansen riechen. Ich könnte Rudi nachts um drei aus den schönsten Jagdträumen wecken – angesichts eines Wurstzipfels wäre er augenblicklich putzmunter. Würde man hingegen mir nachts um drei eine Wurst vor die Nase halten, käme meine Laune bis weit nach dem Frühstück nicht mehr aus dem Keller.

Jetzt, wo Rudi wie ein trauriges, schwarzes Schaf neben mir hertrottet und nicht wagt, irgendwo zu schnüffeln, ist meine Laune wieder auf dem Weg der Besserung. Das spürt auch Rudi. Ab und zu schaut er mich von der Seite an, um zu prüfen, ob meine Mimik mit der sanfter gewordenen Stimme übereinstimmt.

Wenn er einigermaßen sicher ist, dass die Standpauke vorbei ist, reckt er seinen Schwanz in die Höhe und wechselt vom Trauertrott in den gewohnten Tänzelschritt. Auch sein Gewissen wird leicht und leichter. Und keine dreihundert Meter von dem Busch entfernt, aus dem er schuldbewusst geschlichen kam, belastet ihn sein Gewissen gar nicht mehr.

Um diese Gabe beneide ich Rudi: Fehler machen, Standpauke abholen, Schwamm drüber, lustig weiter. Und nicht so lange über gemachte Fehler grübeln, bis sich im Kopf ein Knoten bildet, der, wenn's dicke kommt, nur noch von einem Psychologen entwirrt werden kann.

Und weil Rudi alles vergisst, was nicht mehr zu ändern ist, geht er leichter durch die Welt und schläft jeden Abend unbeschwert ein. Er ist eben: Rudi Sorglos.

Es geht um die Wurst

Es ist schon toll, worüber sich studierte Menschen Gedanken machen. Zum Beispiel darüber, wer öfter in die Hocke geht, um das Geschäft seines Hundes einzutüten. Frau oder Mann, das ist hier die Frage. Und die Antwort lautet: Frau! Keine Ahnung, wie die Wissenschaftler das ermittelt haben; und es hat wahrscheinlich Jahre gedauert, bis zweifelsfrei feststand, dass Frauen sich auch um diesen alltäglichen Dreck mehr kümmern als Männer. Warum das so ist, wissen die Wissenschaftler noch nicht so genau. Ich tippe mal: Wäre die Welt ein Fußballplatz, würden Männer Hundehaufen mit anderen Augen sehen. Das ist jetzt ein bisschen sehr kurz gedacht, ich weiß, ich weiß. Aber so kurz vor der Fußballweltmeisterschaft verständlich.

»Alles, was ich über das Leben weiß, habe ich vom Fußball gelernt«, hat mal der sehr verehrungswürdige Rhetorikprofessor Walter Jens gesagt. Die Frauen, die ich kenne, schütteln da nur mit dem Kopf. Und auch Rudi kann mehr mit Fußbällen anfangen als mit Fußball. Er kann nicht verstehen, warum ich, der eben noch neben ihm auf der Couch lümmelte, plötzlich aufspringe und schreie. Und so guckt er dann auch, der Rudi. Einerseits verschlafen, andererseits elektrisiert. Dabei würde ich irre gern mit meinem Freund die Weltmeisterschaft gucken. Wir machen uns so einen richtig schönen Männerabend, habe ich ihm gesagt, mit Bierchen und Würstchen. Gegen Würstchen hatte mein Freund nichts einzuwenden, im Gegenteil. Während ich beim Spiel Bayern München gegen Real Madrid auf den Fernseher starrte, starrte Rudi mich an. »Gibt es noch eine Wurst?«, fragte sein Blick. »Bei jedem Tor von Real Madrid bekommst du eine Wurst«, sagte ich. Meine Frau fiel erst aus allen Wolken, aber dann beruhigte sie sich. Die Spanier werden schon kein Tor schießen, sagte ihr ihr Fußballverstand. Bayern verlor 0:4. Es war ein Fest für Rudi. Und für mich, ich gebe es zu, auch. Nur meine Frau rollte mit den Augen. Rudi spürte, dass Ärger in der Luft lag, und rollte sich zusammen.

Keine Angst, liebe Rudi-Fans, die Würste waren klein, so klein, wie sie es bei Kindergeburtstagen sind. Trotzdem: Sollten wir das Würstchenspiel beibehalten und Deutschland bei der Weltmeisterschaft ins Endspiel kommen, auweia, dann sähe Rudi selbst schon aus wie eine Wurst.

Wer platzt schneller, wenn der Hund aussieht wie eine Wurst – Frauen oder Männer? Darüber könnten Wissenschaftler mal nachdenken.

Urlaubsvorbereitungen

Das wird aufregend! Rudi und ich wollen bald auf Sylt Urlaub machen. Wellen, Strand und Kühe. Wellen und Strand kennt Rudi schon von der Ostsee. Aber eine Kuh hat er in seinen achtundzwanzig Monaten auf dieser Welt noch nicht gesehen. Ich freu mich schon auf das erste Treffen. Wenn Rudi auf die Kühe so reagiert, wie er auf alles Neue und Fremde regiert, dann weiß ich, was kommt. Rudi wird seine Beine in den Boden stemmen und glotzen wie ein Frosch, wenn's donnert. Haha, hihi, ich freu mich!

Da aber mein Leben auch im Urlaub aus Katastrophen besteht, die nicht eintreffen, habe ich mich schon mal über Tierärzte auf Sylt informiert. Stephanie Petersen, habe ich gelesen, macht auch Hausbesuche, wenn das Tier besonders sensibel ist. Sehr gut. Den Sensiblen raushängen lassen, das kann Rudi. Nur fressen kann er noch besser. Die Nummer der Sylter Tierärztin habe ich in mein Handy gespeichert. Hoffentlich verliere ich es nicht.

Doch was, wenn uns beim Strandspaziergang eine Tsunami-Welle überrascht und Rudi mitreißt? Auch das habe ich mir vor dem Einschlafen schon vorgestellt. Und eine Lösung gefunden! Ich werde für Rudi eine dieser langen Leinen kaufen, mit denen Welpen in der Hundeschule am Weglaufen gehindert werden. Natürlich muss diese Schleppleine salzwasserfest sein. Salzwasserfeste Schleppleinen wird's ja wohl geben in einer Welt, in der es sprechende Eierbecher gibt. Sprechende Eierbecher? Das wäre was für Rudi, haha, hihi. Aber nein, Spaß beiseite. Eine Tsunami-Welle darf man nicht auf die leichte Schulter nehmen. Eine salzwasserfeste Schleppleine muss her! Oder eine Schwimmweste für Hunde? Die gibt es natürlich. In Alarm-Orange, für um die zwanzig Euro. Also: Schleppleine oder Schwimmweste? Darüber kann ich heute Abend ja mal nachdenken. Hoffentlich schlafe ich nicht ein, bevor ich die Antwort habe.

Sie haben recht, liebe Leserinnen und Leser: ich übertreibe. Ich sollte mir nicht so viele Gedanken machen über Tsunami-Wellen am Sylter Strand. Andererseits: Wenn ich nicht an alles denke, wer dann? Jeden Abend erzähle ich Rudi vom bevorstehenden Urlaub. Von Kühen, von endlosen Stränden zum Ausflippen, von riesigen Wellen. Und was macht er? Er legt sich auf den Rücken und schläft ein, lächelnd, wie mir scheint. Dass er auf Sylt mehr zu fressen kriegt, weil er sich da mehr bewegt, das sage ich ihm nicht. Würde ich es tun, wäre Rudi so nervös wie ich beim Gedanken an die salzwasserfeste Schleppleine. Oder doch Schwimmweste? Gute Nacht, Rudi.

Der Wellenbeißer

Als ich Schüler war, war das Blödeste an den Sommerferien nicht, dass sie irgendwann vorbei waren. Nein, das Schlimmste war, dass ich danach immer »mein schönstes Ferienerlebnis« aufschreiben musste. Dieser Stress, etwas besonders Schönes erleben zu müssen, über das ich dann schreiben konnte. Ich erinnere mich an Wanderurlaube mit meinen Eltern, in denen mir mein Vater die Wunder des Waldes näherbringen wollte. Ich erinnere mich an die Käse- oder Salamistullen meiner Mutter, denen der Transport im Rucksack überhaupt nicht gut bekommen war. Und ich erinnere mich an warme, selbstgemachte Zitronenlimonade, in der nach wenigen Minuten Fliegen schwammen. Vielleicht machten ja auch die Fliegen einen Familienausflug. Wer weiß. Im Nachhinein sind das schöne Ferienerinnerungen (und das schreibe ich nicht, weil meine Mutter diesen Text lesen wird). Danke, Mama!

Und danke, Rudi. Für die Ferientage, die wir gerade zusammen auf Sylt verbracht haben. Woran ich mich erinnern werde, wenn ich alles vergessen habe? Hoffentlich an deine Begeisterung, mit der du in die Nordseewellen gebissen hast. Du wolltest den Strand vor diesen schäumenden Bestien verteidigen. »Einer muss es ja tun«, sagten deine Augen. Ich werde mich hoffentlich daran erinnern, wie du Sandburgen vor dem Einsturz bewahrt hast. Du hast dein Bein gehoben, da du instinktiv wusstest, dass feuchter Sand nicht so schnell verweht wird wie trockener Sand. Und wie du mich dabei angeguckt hast. Als wolltest du mir sagen, einer müsse ja die Arbeit machen, Urlaub hin oder her. Mit deinen Gesichtsausdrücken könnte ich ein ganzes Urlaubsfotoalbum füllen. Sie sind so der Hammer!

Auch schön und erinnerungswürdig: Wie du im Dorf jeden – ausnahmslos je-den – verfolgt hast, der mit etwas Essbarem herumlief. Wie ein schnuppernder Hans-Guck-in-die-Luft. Ich erinnere mich: Hätte ich Rudi da nicht ab und zu ermahnt, wäre er gegen einen Laternenpfahl geknallt. Können Hunde eigentlich Kopfschmerzen haben? Darüber werde ich demnächst nachdenken.

Jetzt frage ich mich erst mal, ob es Rudi egal ist, wo er ist. Berlin? Hamburg? Mallorca? Sylt? Pffft. Wo auch immer: Keine Sehenswürdigkeit sieht Rudi lieber als seinen Fressnapf. Grün? Orange? Hauptsache voll! Alltags wie ferientags.

Bevor ich es vergesse, schreibe ich es rasch auf. Ich erinnere mich daran, wie Rudi abends im Schlaf schrill stöhnte und mit den Beinen strampelte. Er träumte wohl gerade von den Wellen, die er zurück ins Meer trieb.

Unser Freund das Ampelmännchen

Das Statistische Bundesamt hat errechnet, dass wir Bundesbürger durchschnittlich 4088 Stunden im Leben vor roten Ampeln stehen. Und warten. Und warten. Auf Grün. Weil Warten immer so lange dauert, kommen den meisten Menschen diese 4088 Stunden wie eine Ewigkeit vor, und schlimmer noch, wie verlorene Zeit. Zu dieser wartenden Mehrheit gehöre ich nicht. Ich empfinde keine Minute vor einer roten Ampel als verloren. Ich habe noch keine Sekunde gedacht, Mensch, was hättest du in dieser Zeit alles tun können! Obwohl ich, seitdem ich mit Rudi durchs Leben gehe, bestimmt schon öfter und länger auf das grüne Ampelmännchen warten musste als jeder andere Fußgänger. Das Ampelmännchen ist unser Freund. Und die Freundschaft wird immer tiefer.

Denn es kommt häufiger am Tag vor, dass Rudi, kurz bevor die Ampel auf Grün springt, irgendetwas erschnüffelt hat, was er dann unbedingt genauer untersuchen muss. Oder ein potentieller Spielkamerad nähert sich, den Rudi noch kurz begrüßen muss. Er ist eben ein freundliches Kerlchen, das keinem Spaß aus dem Weg geht. Also warte, warte, warte ich. Während Rudi einen Kollegen umwedelt. Habe ich deswegen das Gefühl, irgendetwas zu versäumen? Nein! Ich habe keine Termine – und ich brauche keine. Wer meint, ein Leben ohne Termine sei unwichtig, unnütz und vertan, der soll mal an sein letztes Stündchen denken, das früher oder später schlagen wird. Ich bin ziemlich sicher, dass kein Mensch auf dem Sterbebett denken wird: Gott sei Dank bin ich immer pünktlich gewesen. Er wird höchstens bedauern, zu diesem, seinem allerletzten Termin pünktlich erschienen zu sein.

Also lasse ich Rudi schnüffeln, wenn es denn so dringend ist. Die meiste Zeit verschwendet man sowieso nicht mit Warten. Die meiste Zeit geht verloren durch Zuhören, finde ich. Friede wächst am Baum des Schweigens – darüber sollten wir mal nachdenken. Von mir aus auch an einer roten Ampel. Apropos: Wir Deutschen sind die Einzigen in Europa, die selbst nachts um drei an einer menschenleeren Straßenkreuzung warten, bis die Ampel auf Grün springt. Ist das irre? Ich finde schon.

Kinder, wie die Zeit vergeht, jetzt ist auch diese Kolumne wieder vorbei. Und das Schlimmste für mich wäre, wenn ich mit ihr Ihre Zeit gestohlen hätte. Ich wünsche Ihnen einen herrlichen Tag. Voller Momente statt Termine.

Klare Ansagen

Ich bin nicht so der konsequente Typ. Damit komme man in der Kindererziehung nicht weit, schreiben Erziehungsratgeber. Ich habe keinen einzigen gelesen, damals, als ich Vater wurde. Ich habe mir selbst eine Erziehungsregel aufgestellt, von der ich nie, nie abrücken wollte, auch nicht in Ausnahmefällen. Die Erziehungsregel lautet: Erteile nur Verbote, die du wieder aufheben kannst, ohne dein Gesicht zu verlieren!

Ein Beispiel: Wenn eine meiner Töchter der anderen vors Schienenbein getreten hat, gab's Fernsehverbot. Da ich das stille Schluchzen, das dann aus ihren Zimmern durch die Wohnung kroch, keine Stunde ertragen konnte, bin ich zu ihnen, und brachte sie auf die Idee, dass mit dem Tritt ja vielleicht eine Mörderbiene hätte vertrieben werden sollen. Und tatsächlich fiel es der

Übeltreterin dann ein, dass eine Mörderbiene schuld war. Bingo! Und so konnten wir alle zusammen »Arielle, die Meerjungfrau« gucken. Warum ich Ihnen das erzähle? Na, wegen Rudi!

Der ist jetzt im Teenageralter und braucht mehr denn je: Klare Ansagen, eine feste Hand und ein paar Richtlinien für seine Zukunft wären auch nicht schlecht. Also alles Dinge, die ich nicht leisten kann. Rudi ist zwar ein Junge, er kann aber gucken, wie sonst nur kleine Mädchen gucken können. Das macht seine Erziehung nicht einfacher. Und mit meiner oben erwähnten »Verbotsregel« können Hunde sowieso nichts anfangen. Was tun?

Die Frage kommt ein bisschen spät, ich weiß. Und eigentlich ist Rudi gut erzogen; er kam schon als Prachtkerl auf die Welt. Er knurrt keine anderen Hunde an, er jagt keinem Jogger hinterher. Und in Restaurants weiß er sich auch zu benehmen, nicht mal die Musik bringt ihn innerlich auf die Palme (da könnte ich noch was von ihm lernen!). Was will ich mehr, wo ist das Problem?

Wahrscheinlich gibt es keins, bis auf dieses eine, dass Eltern nie das Gefühl loswerden, irgendwas hätten sie bei der Erziehung besser machen können. Mehr. Weniger. Früher. Später. Anders. Und vor allem: Sie hätten konsequenter sein müssen.

Ob mir meine Töchter – damals wie heute – auf der Nase herumtanzen? Klar tun sie das! Aber da ich das merke, ist es kein Problem. Schließlich bin immer noch ich derjenige, der entscheidet, wer mir auf der Nase herumtanzen darf.

Da bin ich konsequent.

Nicht ohne meinen Rudi!

Letzte Woche habe ich geschrieben, dass ich nicht so der konsequente Typ bin. Das stimmt nicht hundertprozentig. Meinen Töchtern und Rudi lasse ich zwar einiges durchgehen, bei dem Erziehungsberater tadelnd »tz, tz, tz« machen. Aber ich kann auch anders! Es gibt nämlich sehr wohl Taten und Gedanken, bei denen ich kein Auge zudrücke. Zum Beispiel, wenn Restaurants Rudi abweisen. Restaurants, die Rudi abweisen, betrete ich nicht. So gut kann das Essen gar nicht sein. Wird Rudi abgelehnt, denke ich wie ein Mafioso: Die Feinde meines Freundes sind auch meine Feinde.

Zugegeben, mein Freund ist ein komischer Vogel. Zu Hause hebt Rudi schon schnüffelnd die Nase, wenn ich mir ein Tomatenbrot mache. In Restaurants aber schaut er nicht mal hoch, wenn mir ein Zwiebelrostbraten serviert wird. Das glaubt mir in Hunde ablehnenden Restaurants kein Mensch, und beweisen dürfen wir es nicht.

Damit wir uns richtig verstehen: Ich respektiere, dass es Restaurants gibt, in denen Hunde nicht willkommen sind. Aber ich bitte auch zu respektieren, dass ich diese Restaurants nicht besuche. Schon gar nicht jene, die plärrenden Kleinkindern Buntstifte und Papier hinlegen, aber in jedem Hund einen kläffenden Flohzirkusbetreiber sehen. Klar, Hunde, die an Tischbeinen das Bein heben, betteln oder sich sonstwie danebenbenehmen, sollen Hausverbot bekommen. Wie übrigens jeder Gast, der aus der Rolle fällt.

Rudi fällt aber nicht aus der Rolle, er fällt nicht mal auf. Er ist in Restaurants so still, dass man das Sprudeln im Wasserglas hören kann. Sobald ich mich an einen Tisch gesetzt habe, legt er sich darunter. Und bleibt da liegen. Wenn es sein muss, stundenlang. Auch wenn am Nachbarstisch die Korken knallen. Oder die Kinder an Tischdecken und Nerven zerren. Später, auf der Straße, wird Rudi wieder zum jungen Hund. Aber als Gast benimmt er sich wie ein Mönch – still, bescheiden, innerlich lächelnd. Vielleicht war Rudi ja in seinem früheren Leben Haushund in einem Schweigekloster. Wer weiß das schon? Ich nicht.

Was ich weiß, ist: Restaurantmanager sollten Hunde nicht kategorisch ablehnen. Es gibt solche und solche. Und ein Restaurant, in dem Hunde unterm Tisch dösen, ist mir lieber als ein Restaurant, in dem Musik gedudelt wird. Oder in dem Paare schweigend aneinander vorbeistarren.

Diese Stille macht mich immer ganz traurig.

Erinnerungen machen Freude

Heute ist ein schöner Tag, um einmal in Erinnerungen zu baden. Einfach dazusitzen und mit offenen Augen nicht zu sehen, was ist. Sondern was war. Das sollten Sie auch einmal versuchen. Wohin ging Ihre erste große Fahrt, nachdem Sie den Führerschein gemacht hatten? Wie nervös waren Sie? Bei welcher Gelegenheit waren Sie danach ähnlich aufgeregt? Ich muss jetzt gerade denken, dass ich seit dreißig Jahren nicht mehr am Steuer gesessen habe, Autofahren macht mir einfach keinen Spaß. Aber meine erste große Autofahrt war auch die erste Urlaubsfahrt mit meiner ersten großen Liebe. Wir fuhren von Krefeld nach Korsika, inklusive Autofähre waren das rund 1500 Kilometer. Wahnsinn! Aus heutiger Sicht ist das für mich so unvorstellbar wie das sieben zu eins gegen Brasilien. Aber daran will ich mich jetzt gar nicht erinnern. Meine Gedanken sollen sich um Momente mit Rudi drehen. Also Augen auf, Ohren zu. Los.

Ich denke daran, wie Rudi fünfzehn, zwanzig Sekunden auf den Punkt an der Wand starrt, wo gerade noch eine Fliege saß. Dieser leere, gleichwohl hochkonzentrierte Blick. Würde er jetzt anfangen zu sprechen, wäre ich nicht groß überrascht.

Ich erinnere mich, wie Rudi zum ersten Mal das Bein hob und dabei auf den anderen drei balancieren musste.

Ich erinnere mich an Rudis erstes Halsband, ein Welpengeschirr, das wie ein Lätzchen umgebunden wurde.

Ich denke an unsere gemeinsamen Mittagsschläfen nach einem langen Spaziergang.

Ich erinnere mich an den Moment, als Rudi zum ersten Mal ein Pferd sah. Erst kläffte er aufgeregt, dann versteckte er sich hinter mir.

Ich erinnere mich an Rudis ersten Fressnapf. Den musste ich entsorgen, weil er aus Metall war und Rudi immer zurückschreckte, wenn seine Hundemarke dagegenklirrte.

Ich erinnere mich, wie Rudi losflitzte, sobald er die anderen aus der Welpenschule sah.

Ich erinnere mich, an unser erstes Weihnachten, und wie er seine Liebe zu Geschenkpapier entdeckte.

Ich denke an seine herzhaften Rülpser nach dem Fressen.

Ich denke an sein Quieken, wenn er im Traum spielt.

Ich denke an sein Schnarchen, das auf mich so beruhigend wirkt wie Meeresrauschen.

Und da fallen mir auch unsere Urlaubstage auf Sylt ein, und wie Rudi am Strand die Wellen zurück ins Meer jagte.

Ach ja, seufz. Es macht Freude, an den Schnee von gestern zu denken. Schnee von gestern schmilzt nicht in der Sonne.

Rudi muss mehr essen

Ich habe Rudi Unrecht getan. Großes Unrecht, um genau zu sein. Habe ich ihn an dieser Stelle doch immer wieder mal als Viel-, Schnell- und Allesfresser hingestellt. Als einen Hund, der mir die Haare vom Kopf fressen würde, würden die nach Leberwurst riechen. Rudi frisst zwar schnell und so ziemlich alles, was nicht nach Tofu oder Obst schmeckt. Aber morgens frisst er nix. Null. Keinen Happs. Das hätte ich nie gedacht. Bis wir einen Termin beim Tierarzt hatten.

Der Doc stellte während einer Routineuntersuchung fest, dass Rudi ruhig ein, zwei Kilo mehr auf den Rippchen haben könnte. Er sah nicht aus wie ein Windhund, er wog an dem Tag 8,6 Kilo, immerhin. Doch neuneinhalb bis zehn dürften es schon sein, sagte der Doc. Ich solle ihm deshalb nicht nur abends was zu fressen geben, sondern auch morgens.

Auf dem Heimweg freute ich mich schon auf Rudis sprachlosen Blick am nächsten Morgen. Der Morgen kam, beim Füllen von Rudis Napf dachte ich, gleich wird er sein Freudentänzchen aufführen. Denkste! Rudi beugte sich über seinen herrlich stinkenden Fleischgemüsefischölmampf, setzte dann aber erstaunlicherweise seine berühmte Was-soll-das-denn-Miene auf, schleppte seinen schlanken Körper zur Couch, um sein Morgenschläfchen zu halten. Das macht er jeden Morgen kurz nach dem Aufwachen. Doch die fünfzehn Sekunden, seinen Napf zu leeren, hätte er sich doch nehmen können. Er wird doch nicht krank sein?

Nein, war er offensichtlich nicht. Rudi döste, zufrieden mit sich und der Welt. Bis zu diesem Morgen hätte ich mir einiges vorstellen können: vor allem auch, dass sich Rudi eine Pfote in den Hals steckt, um im Magen Platz zu schaffen für mehr Fleischgemüsefischölmampf. Aber nie hätte ich es für möglich gehalten, dass Rudi einen vollen Fressnapf stehen lässt. Im Gegenteil: Ich hätte einen hohen Geldbetrag darauf gewettet, dass Rudi das Frühstück dem Abendbrot vorziehen würde. Ganz einfach deshalb, weil Frühstück früher kommt. Irrtum. Nach ein paar Tagen war mir klar: Rudi ist nicht so der Frühstückstyp. Das hat er von mir.

Gegen ein Mittagessen haben wir aber beide nichts. Also bring ich ihm jetzt ein Würstchen oder ein bisschen Huhn aus der Kantine mit. Und wenn ich mich nicht spätestens um 13 Uhr auf den Weg mache, kommt Rudi an, legt seinen Kopf auf mein rechtes Bein und guckt, als hätte er seit drei Tagen nichts zu fressen bekommen.

Keine Angst ist lächerlich

Seit dem Tag, an dem Rudi von einem gebissen wurde, hat er Angst vor Riesen, ganz besonders vor schwarzen Riesen.

Letztens kam uns eine schwarze Labradordame entgegen; dass sie angeleint war, spielte für Rudi keine Rolle, er schlich an der Hauswand weiter. Als wir alle auf gleicher Höhe waren, versuchte die Labradorhündin, Rudi zu begrüßen. Doch ihre Leine riss sie in die Höhe, so dass sich die Hündin aufbäumte wie ein Wildpferd. Rudi hatte jetzt keine Angst mehr – Panik machte sich in seinem Körper breit. Er versuchte zu fliehen, quiekend wie ein Schweinchen, das dem Metzger ins kalte Auge blickt.

Zum Glück gehöre ich zu den Menschen, die wenigstens aus manchen Fehlern lernen, das heißt: Rudi war angeleint. Da ich aber leider zu jener Menschensorte gehöre, die Schadenfreude nur schwer unterdrücken kann, lachte ich über Rudis panischen Fluchtversuch vor dem Labradormädchen. Kurz nur, nur ein bisschen, aber ich lachte. Und das hätte ich nicht tun sollen. Und werde es hoffentlich so bald nicht wieder tun.

Denn als wir an der Ampel standen und Rudi mit eingeklemmtem Schwanz abcheckte, ob die Gefahr wirklich vorbei ist, in diesem erbarmungswürdigen Moment, versetzte ich mich in Rudis Lage. Ich fragte mich: »He, wie würdest du dich fühlen, wenn du – aus welchen Gründen auch immer – Angst hättest vor Menschen, die zwei Köpfe größer sind als du? Was, wenn du jeden Tag aus dem Haus mit der Befürchtung im Hinterkopf gehen müsstest, einem Riesen über den Weg zu laufen? Und dein Freund – dein bester Freund! – fiele dir mit einem hämischen Lachen in den Rücken? So etwas tut man nicht! Und der beste Freund erst recht nicht!« Diese Gedanken gingen mir durch Kopf.

Und zum Schluss noch der Gedanke, dass es vollkommen egal ist, wie lächerlich und unbegründet die Angst des Freundes ist. Und noch bevor die Ampel auf Grün sprang, ging ich in die Hocke und entschuldigte mich für mein Lachen, das in der Erinnerung noch hämischer in meinen Ohren klang.

Rudi entspannte sich wieder und bald war die Riesen-Panik vergessen. Und ich dachte: Rudi mag der größte Hasenfuß der Welt sein, er ist trotzdem ein mutiger kleiner Kerl. Denn morgens, mittags, abends geht er mit mir raus, obwohl an jeder Ecke ein schwarzer Riese lauern könnte.

Rudi spielt Cowboy

Rudi kann nicht hassen. Aber er kann sauer werden, wenn es jemand wagt, ungebeten in sein Revier zu kommen, womit Wohnung und Garten gemeint sind. Betritt also jemand die Wohnung, reagiert Rudi wie ein Cowboy im Western – er bellt: »Diese Stadt ist zu klein für uns beide, Fremder.« Seit Anfang letzter Woche spielt Rudi wieder den Cowboy.

Ich habe nämlich so ein Ding gekauft, das im Elektrofachhandel Staubsauger-Roboter genannt wird. So ein Roboter-Staubsauger wurde für Menschen erfunden, die Besseres zu tun haben, als Staub zu saugen. Obwohl ich selten Besseres zu tun habe, habe ich das Ding angeschafft; auch weil es ganz gut aussieht: Es ist rund, stierblutrot und macht kaum mehr Lärm als ein Schwarm Stubenfliegen. Ich taufte den Staubsauger-Roboter auf den Namen Kunta Kinte, so heißt ein Sklave in Alex Haleys Roman *Roots*.

Als ich Kunta Kinte das erste Mal aus seiner Ladestation holte und er summend anfing, sich mit der Wohnung vertraut zu machen, flippte Rudi aus wie schon ewig nicht mehr. Wie stimmgewaltig dieser kleine Kerl doch ist! Alle Beruhigungsmaßnahmen schlugen fehl. Zum Schluss streichelte ich Kunta Kinta, um Rudi zu zeigen, dass unsere neue Haushaltshilfe lieb ist. Da wurde Rudi erst eifersüchtig – und dann noch lauter.

Also drehte ich das Radio bis zum Anschlag auf. Nun war Rudi nicht mehr zu hören und Kunta Kinta sowieso nicht, aber dafür klopfte jemand gegen die Wand. Haut der Nachbar etwa zur Mittagszeit Nägel in die Wand? Nachdem ich das Radio wieder auf Zimmerlautstärke gestellt hatte, hörte das Klopfen auf. Und auch Rudi machte Bellpause. Er näherte sich Kunta Kinta in angespannter Körperhaltung, allzeit bereit, wie ein Gummiband zurückzuschnellen, sollte sich Kunta Kinta bewegen. Was er natürlich tat, denn er ist ein gewissenhafter Sklave. Das Gebell ging wieder los, ab und zu von einem Röcheln unterbrochen, denn längeres Kläffen verursacht bei Rudi Kratzen im Hals.

Ich gab auf, nahm die Roboter-Fernbedienung, drückte die Home-Taste und Kunta Kinta summte zu seiner Ladestation. Wenn er sich leer fühlt, steuert er sogar von allein sein Heim an. Ein Roboter mit Heimweh! Ist das nicht süß? Ich finde schon.

Rudi findet, Kunta Kinte könnte ruhig für immer zu Hause bleiben; in seinem, nicht in unserem.

Morgen werde ich weiter an Rudis Gastfreundschaft arbeiten müssen. Und dann habe ich tatsächlich Besseres zu tun, als Staub zu saugen.

Geteilte Komplimente

Die Leute, die uns im Park oder in der Innenstadt entgegenkommen, lächeln schon von weitem. Sind wir dann auf gleicher Höhe, fangen sie an zu kichern, zu tuscheln, sie werfen uns freundliche, manchmal sogar tiefe Blicke zu. Das ist schön und tut gut. Und wenn ich mich nach den Leuten umdrehe, sehe ich, dass auch sie sich nach uns umdrehen. Und ich höre die Leute Sätze sagen wie: »War der süß! Guck mal, wie elegant der geht! Und wie niedlich der guckt! Ich könnte mich wegwerfen!«

Klar könnte ich jetzt denken, die Blicke und Komplimente gelten Rudi. Habe ich auch lange getan. Doch seitdem ich die Blicke und Komplimente auf mich beziehe, bin ich entschieden besser drauf. Die Begeisterungswelle der Leute gibt mir Schwung, mein Gang wird federnder, meine Haltung selbstbewusster, meine Miene verliert für Minuten ihre natürliche Griesgrämigkeit. Würde mich jetzt ein Bekannter sehen, er würde mich nicht erkennen. Lassen Sie sich also von dem Bild, das Sie sehen, nicht täuschen. Ich bin wirklich attraktiv. Was ja kein Wunder ist.

Schließlich sagt man doch, dass sich das Aussehen von Herr und Hund im Laufe ihres gemeinsamen Zusammenlebens immer mehr ähnelt. Das stimmt. Gerade an heißen Tagen glänzt meine Haut wie Rudis Fell. Und nachdem mir meine Friseurin Lea eine bestimmte Pflegekur in die Kopfhaut einmassiert hat, ist mein Haar so weich wie Rudis Fell.

Doch nicht nur optisch gleichen sich Rudi und ich. Bleiben wir beim Spaziergang. Wenn wir in einem Gartenlokal eine Pause machen und ich die ersten Schlucke meines Bieres zu hastig nehme, dann muss ich rülpsen; so wie Rudi nach seiner abendlichen Mahlzeit rülpsen muss. Okay, im Gegensatz zu Rudi ist mir das immer ein bisschen peinlich. Aber ansonsten sehe ich da keinen Unterschied. Haben wir Luft im Bauch, dann lassen wir sie raus. Rudi und ich sind eben Naturburschen mit weichem Haar. Und wir tun, was wir tun müssen. Scheiß auf die Etikette!

Und so gehen wir beide durch Park und Stadt und erfreuen uns an der Freundlichkeit der Menschen. Und genießen ihre Aufmerksamkeit und herzlich vorgetragene Begeisterung. Ich mehr. Rudi weniger. Wir teilen eben nicht nur Würstchen miteinander, sondern immer öfter auch Komplimente.

Sollten Sie auch mal ausprobieren. Dann geht's Ihnen gleich besser.

Manuel Neuer und Marco Reus

13. Juli 2014. 23.36 Uhr. Bekommen Sie auch noch eine Gänsehaut, wenn Sie an diesen Moment denken? Haben Sie dann auch die Stimme von Tom Bartels im Ohr? Der ARD-Kommentator schrie damals ziemlich wortwörtlich: »Schürrle. Der Ball kommt an. Mach ihn. Maaach ihn! ER MACHT IHN! Mario Götzeeee!«

Seit dieser Nacht im Fußballhimmel weiß Rudi, dass auch sein Kumpel bei Ballspielen ausflippen kann. Nach dem Schlusspfiff spielten Rudi und ich im Garten noch mal die 113. Minute des Spiels Deutschland gegen Argentinien nach. Und noch mal. Und noch mal. Große Freude beiderseits. Dann kam irgendwann, was kommen musste: Herbst und Winter. Der Garten wurde unbespielbar. Rudi wollte es nicht glauben; er saß vor der Terrassentür und versuchte, den Rasen trocken zu glotzen. Ein trauriger Anblick. Doch zum Glück ist Rudis bester Kumpel (also ich) lange nicht so blöd, wie er sich beim Einräumen der Spülmaschine immer anstellt. Mir fiel ein, dass wir in unserer Etage einen gut fünfzig Meter langen und zwei Meter breiten Flur haben. »Ich habe eine Idee«, sagte ich zu Rudi – und nahm unseren giftgrünen, tennisballgroßen Fußball. Rudi hüpfte sofort fiepend zur Terrassentür. »Nicht da lang, Kumpel«, sagte ich, »hier geht's zum Bolzplatz.« Verdutzter Rudi. Als er meinen Plan verstand: glücklicher Rudi. Seitdem ist der Hausflur unser Bolzplatz in der Wintersaison. Jeden Abend liefern wir uns noch ein Match, das immer so um die fünfzehn Minuten dauert. Rudi kann's nie erwarten. Schon auf dem Weg zur Haustür flitzt er sich warm. Hin und zurück und zurück und wieder her zu mir. Habe ich dann die Haustür aufgeschlossen, prescht Rudi an mir vorbei, hin zu der Ecke, wo unser giftgrüner, tennisballgroßer Fußball auf seinen Einsatz wartet. Warten ist nicht Rudis Stärke. Während ich Jacke und Tasche ablege, hüpft er in der Ballecke herum wie ein schwarzer Frosch mit Schlappohren. Da ich als kleiner Junge gern Fußball gespielt habe, verstehe ich Rudis Erregung. Also beeile mich. Doch so sehr ich mich beeile, für Rudi bin ich zu langsam. Er hüpft und hüpft und quiekt und fiept. Das nervt ein bisschen. Außerdem befürchte ich, dass sein Rumgehopse auf die Gelenke geht. Jeden Abend sage ich ihm das. Aber das interessiert ihn so kurz vor dem Spiel weniger als ein Knochen. Doch, doch, echt wahr: Auch der schönste Markknochen könnte ihn jetzt nicht locken. Er will jetzt den 13. Juli 2014, 23.36 Uhr erleben. »Hol ihn, Rudi. Ja! ER HOLT IHN! Ruuudi!«

Rudi ist ganz schön gut gelungen

Bevor wir Menschen uns einen Hund ins Haus holen, informieren wir uns über die Charaktereigenschaften der jeweiligen Rasse. Dass es etwa 343 Arten gibt, macht die Suche nach dem passenden Hund zwar nicht einfach, aber immer noch einfacher, als einen Menschen zu finden, der zu einem passt.

Ob unsere Eigenschaften nun vererbt oder eher durch die Umwelt beeinflusst werden, ist noch nicht endgültig erforscht. Sicher ist aber, dass wohl die meisten Kinder vieles wollen, nur eines nicht: so werden wie ihre Eltern, die ihnen alles verbieten, was ihre Freunde dürfen. Nun ja, wie wir Älteren wissen, wächst sich das aus. Was wir Eltern nur zu gut kennen und immer dann hören, wenn sich das Kind danebenbenimmt oder dumm anstellt, ist der Vorwurf: Das hat es von dir! Ein Satz, so unsterblich wie Mutterliebe.

Kommen wir nun zu Rudi und der Erkenntnis: Seine Eltern kann sich der Mensch nicht aussuchen, die Eltern seines Hundes schon. Rudis Mama ist ein American Cocker Spaniel, sein Papa ein Pudel. American Cocker Spaniel sollen von Natur aus weder Wasser noch Arbeit scheuen, ungezwungen und fröhlich sein. Besonders ihre Arbeitsfreude muss es Rudis Vater angetan haben, gelten Pudel doch als Gesellschaftshunde, die genug damit zu tun haben, ihre Eleganz zur Schau zu tragen (und wenn ich hinter Rudi hergehe, tippelt er ziemlich oft übertrieben elegant, als wäre er ein zu klein geratenes Dressurpferd). Das hat er also von seinem Vater; wie auch das lockige Fell, denn das Haarkleid seiner kompakt gebauten Mutter ist seidig, glatt und höchstens nur gering gewellt. Lockiger Pudel, seidig glatter Spaniel – über Rudis Eltern lässt sich also sagen: Gegensätze ziehen sich an. Betrachten wir aber die inneren Werte der beiden, so gilt die Liebesformel: Gleich und Gleich gesellt sich gern. Denn sowohl seine Mutter als auch sein Vater sind wahre Frohnaturen. Pudel gelten als schlau, Cocker sind, wie schon gesagt, ausdauernde Arbeiter. Rudis Eltern ergänzen sich also hervorragend.

Und was hat ihr Sohn mitbekommen? Nun ich würde sagen, sie wären stolz auf Rudi. Er geht keinem Spaß aus dem Weg, aber jeder Prügelei. Er putzt sich nach dem Essen den Mund ab, und da ich immer vergesse, ihm eine Serviette neben seinen Napf zu legen, nimmt er klaglos den Teppich oder irgendein Kissen.

Kurzum: Würden ihn seine Eltern heute sehen, sie hätten nichts zu meckern: »Rudi ist uns äußerlich und charakterlich gut gelungen. Nichts zu danken, Herr Gillmann.«

Schnee macht kleine Jungen hysterisch

Bevor der Frühling in unser Leben platzt, möchte ich den Winter mit ein paar schönen Erinnerungen verabschieden. Dass die meisten mit Rudi zu tun haben, ist klar, schließlich gehen wir zusammen durch dick und dünn und Schnee und Matsch.

Besonders gern denke ich an den Tag, als ein kleiner Junge ziemlich hysterisch seine Oma anheulte, weil er glaubte, Rudi würde den ganzen Schnee auffressen. Kurz danach tanzte und kläffte er ziemlich hysterisch um einen wirklich kleinen Schneemann herum. »Wo kommst du her?«, bellte Rudi das Männchen an. »Was willst du hier? Spiel woanders!« Aus der Ferne beobachtete der kleine Junge Rudis Tanz. Die immer blöde Beruhigung »Keine Angst, der will nur spielen« ersparte ich uns.

Natürlich hatte der Winter mehr leise als laute Tage. Wenn nur das Knirschen des Schnees und Rudis schniefendes »Pffft« zu hören war, nachdem er seine Nase tief im Schnee vergraben hatte. Und besonders still wurde es immer, wenn er plötzlich sitzen blieb, weil seine Pfoten schneeverklebt waren. Er hockte sich hin, hob seine rechte Pfote und guckte mich ratlos an. »Hier stimmt was nicht«, sagte sein trauriger Blick. Doch da ich wusste, was in diesem Fall zu tun ist, nämlich die Eisklumpen zwischen den Ballen seiner Pfoten zu entfernen, ging es wenige Minuten später weiter, hopsasa und trallala. Ah, da fällt mir noch ein Augenblick ein, in dem es so still war, dass man nicht mal das Fallen der Schneeflocken hören konnte. Wenn Rudi morgens vor der Terrassentür saß und andächtig auf die jungfräuliche Schneedecke im Garten starrte. Dieser Moment absoluter Ruhe wurde durch mein Kichern gestört. Aber ich konnte nicht anders. Denn Rudi sieht von hinten ein bisschen doof aus, sein Hinterkopf ist so flach. Ich darf das sagen, ich bin sein Kumpel. Außerdem liebe ich seinen flachen Hinterkopf; Rudi wirkt von hinten betrachtet, wie er fast atemlos auf den frisch gefallenen Schnee starrt, so schutzbedürftig. Damit ist es natürlich sofort vorbei, wenn ich die Terrassentür öffne und Rudi in den Garten flitzt, ein paar Krähen vertreibt und mit seiner Nase die Schneedecke durchpflügt. Pffft, pffft, schnief, nies.

Spüren Sie es, liebe Leserinnen und Leser? Auch Erinnerungen an Schnee und Eis können das Herz wärmen. Und wenn man ganz ruhig ist, hört man schon die Temperaturen nach oben klettern.

Der Frühling kommt und Rudi trödelt

Früher war nicht alles besser, aber langsamer. So schaute man früher aus dem Fenster, wenn man wissen wollte, wie warm, luftig oder regenabweisend man sich anziehen sollte. Heute fragt der Mensch das Handy. Und wenn das Ding einen sonnengelben Tag voraussagt, obwohl sich die Wolken gerade ausschütten, dann hat sich das Wetter geirrt, nicht das Ding. Früher hörte man eben auf die Natur und sein Gefühl. Der Mensch von heute vertraut der Technik sein Leben an. Ziemlich komplett sogar. Ist nicht zu ändern. Doch egal, wie das Wetter auch wird: Morgen ist Frühlingsanfang. Und darauf freuen sich Rudi und ich jetzt. Juche!

Ohne technische Unterstützung wusste ich schon vor Tagen, dass andere Tage anbrechen. Und Rudi konnte es riechen. Schließlich ist er ein besserer Schnüffler als jeder Privatdetektiv. Liegt Ärger in der Luft, erkennt ihn Rudi, lange bevor das Donnerwetter losbricht. Doch diesmal war es etwas anderes.

Kaum aus dem Haus, schnuppert er mit erhobener Nase die Luft ab. Ortete er ein weggeworfenes Salamibrot? Nein, er roch den Frühling. Wo ich gerade mal den Duft von Zitronenkuchen von dem von Erbsensuppe sicher unterscheiden kann, erkennt Rudi rund tausend verschiedene Gerüche. Tausend! Das müssen Sie sich mal vorstellen! Und dann ist auch noch Frühling, wo zwischen stinknormalen Gehwegplatten das Leben erwacht und in die Nase geht. Jedenfalls in Rudis.

Kein Wunder also, dass in dieser knospenden Zeit unser Weg ins Büro länger dauert als im eisgeschockten Winter oder im dumpf vor sich hin dampfenden Sommer. Trotzdem ziehe ich Rudi nicht hinter mir her. Und wenn doch, tut es mir sofort leid. Denn was kann Rudi dafür, dass sein bester Kumpel ein so unsensibler Typ ist? Also gehen wir wie bei einem Schaufensterbummel. Und tatsächlich gibt es viel zu entdecken. Und je länger man hinsieht, desto interessanter wird es. Stimmt. Hatte ich vergessen.

Als meine Töchter klein waren und hinter mir herschlichen – also früher! –, trieb ich sie zur Eile an. Diesen Fehler versuche ich bei Rudi zu vermeiden. Und was soll ich sagen? Das Leben wird bemerkenswerter. Zum Beispiel vorgestern. Da pickte eine Krähe eine Portion gekochter Nudeln vom Bürgersteig und ich dachte: Na so was, Krähen essen auch Pasta. Wer die wohl gekocht hat? Ob der Koch der Krähe wohl einen Namen gegeben hat? Leise rief ich: »Kuno? Elsa? Jürgen? Mariechen?« Dann kam Rudi angeschnüffelt und wir zogen weiter. Bis zum nächsten Großereignis.

Der Freund aller Hundebabys

Am Wochenende hatte Rudi Besuch. Damenbesuch. Drei Tage und zwei Nächte musste Rudi sein Revier mit Rasti teilen, einem drei Monate alten Belgisch Griffonmädchen. Belgisch Griffons sind Wesen, die alles sind, was man selbst gern wäre: Sie sind aufmerksam, ausgeglichen, wachsam, weder ängstlich noch aggressiv und sehr treu. Und obwohl sie sich auf ihre inneren Werte was einbilden könnten, treten Belgisch Griffons bescheiden auf. So viel zum Charakter. Äußerlich erinnert ein ausgewachsener Belgisch Griffon an einen umgekippten Gartenzwerg. Den Bart hat er allerdings schon als Baby. Am auffälligsten aber ist sein Gesicht. Denn von Geburt an sieht ein Belgisch Griffon aus wie ein alter Griesgram. Als wäre seine Ernte verhagelt oder ihm eine Laus über die Leber gelaufen. Alles gleichzeitig. Ich mochte Rasti sofort.

Rudi sah unseren kleinen Gast etwas nüchterner. Für Rudi sind Babys nicht süß. Sondern Erstklässler, die von ihm, dem großen, klugen, erfahrenen Rudi lernen sollen. Zuerst musste Rasti also lernen, wer der Chef im Ring ist. Das funktioniert – Baby hin, Baby her – immer noch am besten mit der Rammel-Methode. Dass ich kein Freund dieser Methode bin, störte Rudi nicht. Er probierte es immer und immer wieder und noch mal und noch mal. Nach einer Stunde war Rudi groggy. Rasti gefiel Rudis Unterricht. Und als sie entdeckte, wie toll sich Rudis Schlappohren zum Karussell fahren eignen, gab es für sie kein Halten mehr. Festbeißen und – huiii! – herumschleudern lassen. Doch auch wenn Rasti großen Spaß hat, wirkt sie extrem sauer. Ein Anblick, der selbst so taffe Typen wie mich rührt. Meine Gefühle für diesen grimmigen Gartenzwerg musste ich natürlich vor Rudi verstecken. Er ist auf jeden eifersüchtig, dem ich zu nahekomme. Doch größer als seine Eifersucht ist sein Herz.

Als er nämlich sein Leckerli ratzfatz verputzt hatte, legte er sich vor Rasti und passte auf, dass sie ungestört ihr Leckerli wegknabbern konnte. Großer, großer Rudi!

Klar, irgendwann erwachte in Rudi wieder der Erzieher, doch sein Unterricht war weniger streng. Und als die Müdigkeit die kleine Rasti von jetzt auf gleich umhaute, erlaubte Rudi ihr sogar, auf meiner Brust einzuschlafen. Großer, großer Lehrer Rudi.

Wie Rasti und Rudi die erste Nacht verbrachten und warum ich fast vor Staunen umfiel, als ich am nächsten Morgen aus dem Bad kam, das ist eine Geschichte, die ich nächste Woche erzählen möchte.

Riech mal, wie toll es stinkt!

Rasti, das kleine Belgisch-Griffonmädchen, hat ihren Wochenendbesuch bei uns beendet und ich bin sicher: Es waren drei schöne, aufregende Tage und Nächte für sie. Wenn ich Rudis Gesichtsausdruck richtig deute (was mir fast immer gelingt), dann will er mir jetzt sagen: »Es waren vor allem lehrreiche Tage für die Kleine. Wann hat ein Welpe schon mal die Chance, so intensiv von mir unterrichtet zu werden?«

Da hat er recht, der große Rudi. Er hat Rasti eingebläut, was Respekt gegenüber Älteren bedeutet. Sie musste lernen, dass Futterneid absolut pfui ist. Und dass ein guter Hund auch im Schlaf stets hellwach sein muss; und lieber einmal zu viel als zu wenig warnend herumkläfft. Nur eins konnte der große Rudi der kleinen Rasti nicht beibringen: lesen.

Auf unseren Streifzügen um die Häuser und über die Wiesen kümmerte sich Rasti kaum um irgendwelche unsichtbaren Flecken an irgendwelchen Hauswänden, Laternenpfähle ließ sie links stehen. Wenn Rudi selbst kleinste Büsche konzentriert nach Spuren fremder Hunde untersuchte, stand Rasti nur ratlos neben ihm. »Was soll das? Was machst du da? Was soll es bringen, an Ecken, Bäumen und Laternenpfählen rumzuschnüffeln, als wären sie eine Fleischtheke? Muss ich das verstehen, Rudi?«

»Nein, Rasti«, antwortete ich ihr, »musst du nicht. Seine Nase in jeden Mist zu stecken, ist mehr oder weniger Jungensache. Klar, auch Mädchen schnüffeln mal hier und da. Aber nicht so ausdauernd und konzentriert, immer und überall. Die Wand, an der Rudi achtlos vorbeigeht, muss erst noch gebaut werden. Ich kann dir sagen, kleines Mädchen, diese ewige Schnüffelei der Jungs kann brutal nerven. Das ist ein Grund dafür, warum sich Menschen für eine Hundedame und gegen einen Rüden entscheiden. Und dann dieses ständige Bein heben! Auch wenn die Blase längst leer ist!«

Rudi ließ sich durch unsere Unterhaltung nicht stören. Er hatte zu tun. Als er mit seiner Schnüffelei fertig war, guckte er mich fragend an: »Ich habe gehört, was du über Jungen und Mädchen gesagt hast, dass dich die Schnüffelei von uns Jungen nervt. Heißt das, du würdest mich lieber gegen ein Mädchen eintauschen?« »Ach was, Kumpel«, sagte ich. »Dich würde ich nicht mal gegen einen Hund tauschen, der nicht bei jeder flatternden Fahne aus allen Wolken fällt oder im Flur stehende Müllsäcke zusammenbellt. Auf Rasti und mich musst du keine Rücksicht nehmen, schnüffel ruhig weiter.«

Das tat er dann auch.

Cool wie Bruce Willis

Wer einen Hund zu Hause hat, stellt sich irgendwann die Frage: Machen Hunde größenwahnsinnig? Ich meine: Was findet Rudi an mir, dass er sich bei jedem Wiedersehen so freut? Sobald er nach dem ersten Schreck erkannt hat, wer da die Haustür aufgeschlossen hat, gibt es kein Halten mehr: Er wedelt dann dermaßen mit dem Schwanz, dass er kaum laufen kann. Er schleudert durch die Wohnung, hüpft auf alle bequemen Sitzmöbel und wieder runter. Rauf, runter, rauf, runter. Sein Hinterteil tanzt dabei Twist. Dann nimmt er Anlauf, um mir ins Gesicht springen zu können. Zweimal, dreimal, viermal. Denn jetzt will mir Rudi endlich hautnah beweisen, wie sehr er mich vermisst hat. Also gehe ich in die Hocke und dann: schlabber, schlabber, leck, leck, liebkos, liebkos.

»Komm runter, alter Junge«, versuche ich ihn zu beruhigen, »du weißt doch, dass ich immer wiederkomme.« Er hat natürlich keine Ahnung von den schlimmen Dingen, die tagtäglich in unserer kleinen Welt passieren. Trotzdem scheint er zu fühlen, dass ein Wiedersehen nicht so selbstverständlich ist. Also freut er sich mehr als Bolle; und zwar jedes Mal. Weil er mich sieht! Mich! Was findet er nur an mir, der Rudi?

Apropos finden: Wenn er mich unterwegs mal aus den Augen verliert, dreht er hastig seinen Kopf, als wäre er ein Erdmännchen auf Wachposten. Entdeckt er mich, keine zwanzig Meter entfernt, schießt er los, wobei der Fahrtwind seine Schlappohren waagrecht in der Luft liegen lässt. Der ganze kleine Kerl ist dann ein einziger Pfeil. Ein Pfeil, der mich regelmäßig ins Herz trifft; und mich immer wieder vergessen lässt, dass ich eigentlich ein cooler Hund bin. Man könnte sagen: Ich bin Bruce Willis mit grauen Haaren!

Ganz schön größenwahnsinnig, nicht wahr? Doch keine Angst, ich bin ein Actionstar, der sich erst bewegt, wenn Rudi »Action« befiehlt. Das macht er jeden Abend, so gegen 19.30 Uhr. Dann muss der grauhaarige Bruce Willis seinem besten Kumpel eine stinkige, blutige Fleischpampe servieren, gemixt mit Gemüse, beträufelt mit Fischöl. Spannung liegt in der Luft, die sich erst löst, wenn ich ihm den Fressnapf vorsetze und »Bitte schön« sage.

Würde sich Rudi mehr auf sein Fressen stürzen als auf mich, wenn ich nach Hause komme, hätte ich keinen Grund, größenwahnsinnig zu werden. Aber so ist es ja nicht. Irgendwas muss er in mir sehen, was sonst nicht mal meine Mutter sieht.

Geteilte Wurst ist doppeltes Glück

Der Mensch kann einiges vom Hund lernen, zum Beispiel Dinge, die ihn zu einem besseren Menschen machen – nicht zu einem guten Menschen, aber immerhin zu einem besseren Menschen. Wenn ich mal auf die letzten dreieinhalb Jahre unseres Zusammenlebens zurückblicke, und die Zeit vor Rudi vergleiche mit der Zeit mit Rudi, dann muss ich sagen: Alle Achtung! Hätte nicht gedacht, was mir ein kleiner, schlappohriger Cockerpoo alles beibringen kann, so nebenbei, ohne dass ich groß die Veränderungen bemerkt hätte. Klar, mit dem, was ich gelernt habe, kann ich nicht vor meinen Chef treten und mehr Gehalt verlangen – Stichwort: außerbetriebliche, privat finanzierte Weiterbildung. Es mag jetzt schlappschwänzig klingen – aber, Leute: Rudi ist besser als Geld!

Erst seit Rudi da ist, gehe ich pfeifend durch den Regen, denn mir ist klargeworden, dass es auch regnet, wenn ich nicht pfeife.

Rudi hat mich gelehrt, dass ich nicht jeden Tag Tiere essen muss, und erst recht keine gequälten Kühe, Schafe, Schweine, die vor ihrem Tod nie den Himmel sehen durften. Tierkinder, wie Lämmchen oder Kälber kommen mir nicht zwischen Messer und Gabel. Und solange es in Berlin keine Metzgereien gibt, die Wurst von an Altersschwäche gestorbenen Schweinen verkaufen oder Steaks von Kühen, die der Blitz getroffen hat, bis also kein Tier mehr zur Befriedigung meines Hungers weinen muss, werde ich um Fleischtheken einen Bogen machen, als wären sie ein Hundehaufen. Dass ich Rudi deswegen zum Fischfresser erziehe, wäre zu viel des Guten. Und wenn der Mensch zu gut ist, ist das ja auch wieder nicht gut. Finde ich.

In meinen Rudi-Jahren habe ich außerdem gelernt, wie viel Spaß es macht, anderen eine Freude zu machen, und zwar eine Freude, die nichts kostet. Mal abgesehen von der Mühe, einen Ball zu werfen, der nach jedem Wurf mit immer mehr Seiber zurückkommt, den ich mir dann am Hosenbein abwische, was daheim schräge Blicke zur Folge hat. Aber ich meine: Hallo? Was sind ein paar schräge Blicke gegen eine halbe Stunde Spaß mit meinem Kumpel? Ohne Alkohol!

Dass wir uns nach der Balljagd gelegentlich ein Würstchen teilen, kann ich mit meinem Gewissen vereinbaren. Erstens sind auch Vegetarier Sünder. Zweitens: Eine mit seinem Hund geteilte Wurst schmeckt besser als eine allein verzehrte.

Verzicht, Nächstenliebe, Teilen: Was diese Hammerworte bedeuten, habe ich nicht in der Kirche gelernt.

Da musste erst einer wie Rudi kommen.

Frühlingsgefühle ohne Frühling

Dass Rudi vor gut zwei Jahren kastriert werden musste, sieht man ihm nicht an: Sobald er aus dem Haus geht, streckt er seine Rute kerzengerade in den Himmel, was ein Zeichen für ungebrochenes Selbstvertrauen sein soll. Selbstverständlich ist das keineswegs. Denn ich weiß von Rüden, die mit ihren Hoden ihren Stolz verloren haben. Diese Kastraten tragen dann, als sichtbaren Ausdruck ihres Minderwertigkeitsgefühls, ihre Rute auf Halbmast.

Würde dieser traurige Anblick bei anderen Rüden wenigstens Mitgefühl auslösen. Aber nichts da. Weil Kastraten weder nach richtigem Männchen noch nach echtem Weibchen riechen, werden Rüden sauer. Und Hundedamen drehen enttäuscht ab. Nicht immer – aber doch so oft, dass kastrierte Rüden ihren Frust mit Fressattacken bekämpfen. Was die Sache nur noch schlimmer macht. Denn übergewichtige Rüden mit Trauer-Rute sind die ärmsten Schweine auf der Hundewiese. Meine tröstenden Worte, dass auch ich schon bessere Zeiten gesehen habe und ein durchtrainierter Körper nicht alles ist, glauben sie immer gern. Aber mehr als auf Halbmast wedeln ist nicht drin. Ach Manno.

Jetzt bin ich so trübsinnig, dass es mir schwerfällt, das zu tun, was ich eigentlich tun wollte: mich über Rudis Blick aufs Leben zu freuen, den die Kastration kein bisschen trüben konnte. Im Gegenteil. Nicht nur sein Spieltrieb ist ungebrochen, auch sein Verlangen, anderen zu zeigen, was für ein prächtiges Kerlchen er doch nach wie vor ist. Keine Ahnung, woher er die Hormone nimmt. Aber mir scheint: Für Frühlingsgefühle braucht Rudi keinen Frühling. Er ist immer in Stimmung. Was einen Hundebesitzer auf die Frage brachte, ob mein Hund schwul sei. Von schwulen

Pinguinen hatte ich schon gehört, aber schwule Rüden? Mmh. Was Pinguine (egal worauf sie stehen) und Rudi verbindet: Es ist mir unmöglich, bei ihrem Anblick böse zu werden. Keine Chance.

Ob ein Besuch im Zoo unfrohen Rüden bessere Laune machen könnte? Sollte ich beim nächsten Mal einen Stoffpinguin auf die Hundewiese mitnehmen? Vielleicht würden die armen Kastraten dann nicht mehr so lustlos mit dem Schwanz wedeln. Bin ich noch zu retten, wenn mir solchen Gedanken kommen?

Ich wollte mich in dieser Kolumne eigentlich über Rudis einwandfreien Zustand nach der Kastration freuen – und dann so was. Ich glaube, ich brauche einen Pinguin.

Von Leuten, die alles besser wissen

Mit anderen Hundebesitzern ins Gespräch zu kommen, ist einfacher, als vom Stuhl zu fallen. Genau genommen ist es unmöglich, nicht wenigstens über Nass- und Trockenfutter zu reden. Ist man da unterschiedlicher Meinung, versichert man sich gegenseitig, dass auch der andere mit seiner Futtertheorie recht haben könnte. Wie ungesund man Trockenfutter findet, sagt man dann erst seinem Hund, wenn der Trockenfutterbefürworter außer Hörweite ist.

Leute, die keinen Hund besitzen, rücken so gut wie nie von ihren Meinungen zur Ernährung und Erziehung eines Hundes ab. Sie wissen zwar wenig, aber sie wissen alles besser – und können ihr angelesenes Halbwissen so lange begründen, bis das Gegenüber nur noch stumm nicken kann. Für den folgenden Satz entschuldige ich mich schon jetzt: Dieses Verhalten des Alles-besser-Wissens beobachte ich oft bei Ehefrauen. Ja, ich würde sogar so weit gehen zu behaupten: Jede Ehefrau weiß mehr als Google! Das kann manchmal sehr, sehr lustig sein.

So wie letztes Wochenende. Da haben Rudi und ich im Park eine Frau ohne Hund getroffen. Rudi und ich spielten Ball, die Frau guckte zu. Ich warf, Rudi holte, die Frau guckte. Minutenlang ging das so. Und je länger uns die Frau beobachtete, desto größer wurde mein Ehrgeiz, ihr was zu bieten. Ich schickte Rudi in die Irre, ließ ihn Platz machen und hochspringen. Ich sagte Rudi, dass er ein besserer Ballfänger sei als Manuel Neuer. Die Frau guckte immer noch zu. Ich sah in ihr einen Fan, der sich ein Spiel anguckt. Innerlich ließ ich die Frau uns zujubeln: »Jaaaa, was für ein Wurf! Toll gehalten, Rudi!« Ehefrauen wissen alles besser, Ehemänner können alles besser. So läuft das Spiel zwischen Mann und Frau. Glaube ich.

Als ich zur Freude der guckenden Frau versuchte, den Ball so steil in die Luft zu werfen, dass es aussieht wie bei einer Springbrunnenfontäne, da kam die Frau auf mich zu und fragte: »Wissen Sie was?« Ich dachte, egal was ich weiß, Sie werden es besser wissen, sagte aber: »Nein, was denn?« Die Frau sagte: »Ich beobachte Sie und Ihren Hund jetzt schon eine ganze Zeit. Und ich kann Ihnen sagen, Ihr Hund läuft dem Ball nur hinterher und bringt ihn wieder zurück, weil er Ihnen eine Freude machen will. Eigentlich würde er aber viel lieber spazieren gehen und schnüffeln.«

Rudi spielt also nur Ball, weil er denkt, ich würde gern Ball spielen? Wäre ich nie draufgekommen!

Jetzt sehe ich Rudi natürlich mit noch liebevolleren Augen.

Der stumme Gewissensbiss

Ab einem bestimmten Alter sind Geburtstage nicht mehr das, was sie mal waren. Auf Topfschlagen und Kuchenschlachten folgen Besäufnisse. Und wenn das Geburtstagskind am Morgen nach der durchzechten Nacht nicht am liebsten sterben möchte, dann könnte es sich freuen. Tut es aber nicht. Erst so ab dreißig, vierzig fällt einem ein, wie ausgiebig man damals ohne üble Nachwirkungen feiern konnte. Ach ja. Und ab fünfzig wünscht man sich zum Geburtstag vor allem eins: Gesundheit. O Mann.

Mit Rudi kam vor dreieinhalb Jahren nicht nur ein schwarz gelockter Cockerpoo aus Sachsen ins Haus. Mit Rudi zog so was wie ein stummer Gewissensbiss bei mir ein. Wie oft hatte mir mein Arzt dringend zu mehr Bewegung geraten, »und sei es nur eine halbe Stunde Spazierengehen am Tag«. Die Fünfzig-plus-Leser unter uns werden diesen ärztlichen Rat kennen. Doch wer hört schon auf seinen Arzt? Erst Rudi brachte mich dazu, das zu tun. Mittlerweile legen wir täglich mehr als die zehntausend empfohlenen Schritte zurück. Ohne Rudi gehe ich kaum die Hälfte.

Viel Bewegung an der Luft. Und kein Fleisch mehr! Ich kann doch nicht Rudi streicheln, und andere Tiere, die ich auch streicheln könnte, aufessen. Nee, das bringe ich nicht mehr übers Herz. Bevor ich Rudi kennenlernte, war das anders. Da sagte ich mir, würden Kühe nicht so gut schmecken, würde sie kein Mensch essen. Früher lustig. Heute doof.

Noch viel doofer finde ich allerdings folgenden Gedanken: Da mich Rudi zu einem Vernunftmenschen erzogen hat (meine Töchter würden sagen zur Spaßbremse), werde ich wohl älter werden als ein fleischfressendes Feierbiest. Dagegen ist nichts zu sagen; was mich aber krankmacht, ist die Vorstellung, dass ich gesund und munter Rudi überleben werde. Und ein Leben ohne Rudi kann ich mir noch weniger vorstellen als die Unendlichkeit des Weltraums.

Muss ich ja auch nicht! Zumal Rudi es jeden Tag schafft, aufziehende Wolken in meinem Kopf zu vertreiben. Er erdet mich und macht mir gute Laune. Und wenn wir zu Hause nicht den Aufzug nehmen, sondern die fünf Stockwerke zu Fuß erklimmen, läuft er immer vor, kommt aber immer wieder zurück, um zu sehen, ob sein alter Kumpel es schafft. Irgendwann wird der Tag kommen, an dem er neben mir die Treppen hochkeucht. Oder ich auf ihn warten muss. Was soll's. Sich trübe Gedanken zu machen, ist ungesünder als zu rauchen. Davon bin ich überzeugt.

Rudi gibt nicht auf

Wäre Rudi als Mensch so aufdringlich, wie er als Hund gegenüber Artgenossen ist, wäre er dann noch mein bester Kumpel? Mmh. Ich kann mich bis heute nicht an Leute gewöhnen, die mir auf die Pelle rücken. Die mir ihre Hand auf meinen Arm oder meine Schulter legen. Die ihre Worte in mein Ohr träufeln lassen; wie Säuseleien beim Engtanz. Grr. Grr. Und nochmals grr. Diese offensive Art, mir Zuneigung zu zeigen, empfinde ich als Zumutung.

Rudi ist so ein Mensch. Interessiert ihn ein anderer Hund, kennt seine Neugierde keine Grenzen mehr. Wäre der andere eine läufige Hündin, könnte ich Rudis Aufdringlichkeit natürlich verstehen. Aber dieses Motiv kann Rudi nicht geltend machen. Keine Ahnung, was so besonders an dem anderen Hund ist – Rudis Nase folgt ihm. Der andere kann grummeln, knurren, mit den Zähnen fletschen – Rudi bleibt unbeeindruckt. Wenn ich schon Rudis Aufdringlichkeit als unangenehm empfinde, da muss der andere Hund doch platzen. Soll er doch! Rudi gibt nicht auf. Rudi bleibt dran. »Och komm, Kumpel, stell dich nicht so an, ich bin's doch nur, der Rudi, dein neuer Freund.«

Wahrscheinlich denkt Rudi, der andere Hund sei bloß schüchtern. Und diese Schüchternheit führe zu Einsamkeit. Davor muss Rudi ihn bewahren. Doch der andere Hund ist nicht schüchtern, er will nur seine Ruhe haben, und wenn er die nicht augenblicklich bekommt, dann ist was los. Kurz bevor sich der andere Hund daran erinnert, dass er vom Wolf abstammt, schreite ich ein. Und tatsächlich sieht Rudi dann ein, dass dem anderen Hund nicht nach einer neuen Bekanntschaft zumute ist. Doch die Einsicht währt meistens nur fünfzig Meter lang. Wenn ich sicher bin, Rudis Interesse sei erloschen, bleibt er stehen, guckt mich an – und pest wieder los. Zurück zu seinem neuen Freund. Der dann endgültig die Nerven verliert. Und ich auch! Und weil nichts hilft, muss ich Rudi ganz nahe kommen: »Denk doch mal an Wolfgang Lippert«, sage ich ihm. »Dessen ›Wetten, dass …?‹-Karriere war nach neun Shows vorbei. Und warum? Weil der Lippert ständig seine Gäste gestreichelt hat! Verstehst du?«

Ob er nun wegen Wolfgang Lippert zur Besinnung gekommen ist, weiß ich nicht. Jedenfalls lässt sich Rudi danach meist widerstandslos abführen. Auf dem Heimweg reden wir dann noch ein bisschen über das große Glück, ihn, den Rudi, zu kennen. Aber eben auch darüber, dass man andere nicht mit aller Macht und Hartnäckigkeit zu ihrem Glück zwingen sollte.

Ein Knochenjob

Runter Rudi!«, »Hier!«, »Stopp!«, »Aus!«, »Komm!«, »Sitz!«, »Platz!« Natürlich musste ich Rudi den Unterschied zwischen Sitz und Platz beibringen. Und selbst beigebracht hat er sich auch was! Nämlich mir ab und zu die Freude zu machen zu zeigen, was ich ihm alles beigebracht habe.

Nun könnte ich darüber klagen, dass Rudi nicht immer macht, was ich sage. Welcher Hund macht das schon, nicht wahr? Doch ich will mich hier und jetzt nicht über Rudis zeitweilige Schwerhörigkeit auslassen. Vielmehr möchte ich mich über all die Dinge freuen, die ich in den letzten dreieinhalb Jahren von diesem kleinen Cockerpoo mit dem Herz in Übergröße gelernt habe.

Ich habe gelernt, selbst bei Regenspaziergängen zu lächeln. Denn mit Rudi habe ich festgestellt, dass es auch regnet, wenn ich nicht lächle.

Rudi fürchtet sich vor flatternden Fahnen. Es ist eine kleine, lächerliche Angst. Aber doch eine Angst. Und seit ich gelernt habe, sie ernst zu nehmen, nehme ich auch die für mich nicht nachvollziehbaren Ängste meiner Nächsten ernst. Zum Beispiel die Angst vor Spinnen. Warum auch nicht?

Überhaupt sehe ich das Leben mit Rudis Augen gelassener. Natürlich rege ich mich immer noch gern auf. Aber kaum noch über Baustellen, die ich sowieso nicht wegschimpfen kann. Eine rote Ampelwelle kann mich ebenso wenig auf die Palme bringen wie die Tollpatschigkeit irgendwelcher Leute. Die im Falle eines umgekippten Glases gern gestellte Frage »Kannst du nicht aufpassen?« ist so dämlich wie die Frage »Haben Sie keine Augen im Kopf?«.

Mehr Verständnis. Mehr Gelassenheit. Das ist schon mehr

als das, was ich Rudi beigebracht habe. Und mit Rudis Eintritt in mein Leben, bin ich nach und nach zu der Überzeugung gelangt, dass man Kühe, Schweine und Hühner nicht halten darf wie Strafgefangene in Nordkorea. Durch meinen Fleischverzicht hat Rudi also ein paar Tieren das Leben gerettet. Eine Leberwurststulle vermisse ich schon ab und zu – aber sonst? Rudi ist der Fleischfresser in der Familie!

Und damit bin schon wieder am Ende der Kolumne. Also Füße hoch? Nicht sofort. Denn Rudi hat mir auch beigebracht, mehr auf die Bedürfnisse meines Körpers zu hören. Also sage ich mir in seinem Sinne: Ist die Arbeit aus, geht's raus!

»Rudi. Komm!« (Und er hört aufs Wort!)

Rudi kommt an keinem Hund vorbei

Rudi erinnert mich gerade ungewollt an meine Töchter. Als die im Da-Da-Da-Alter waren und ich sie im Buggy herumkutschierte, streckten sie irgendwann ein Ärmchen aus, zeigten in eine Richtung und sagten konzentriert: »Da!« Und tatsächlich: Da!, im Gewühl des Supermarkts hat meine Tochter ein anderes Wesen im Buggy entdeckt. Hätte sie mich nicht darauf aufmerksam gemacht, der Kinderwagen wäre vorbeigezogen wie ein Schiff im Nebel.

Auch Rudi ist auf diesem Gebiet ein großer Entdecker. Gerade erst wieder in einer sehr großen Berliner Buchhandlung. Die Menschen bewegten sich ameisengleich durch die Gänge, als Rudi plötzlich stehen blieb, als hätte die Mafia seine Beine einbetoniert. Darüber, dass bisher noch kein Mensch über die gespannte Leine gestolpert ist, kann ich mich nur wundern.

Täglich begegnen wir unzähligen anderen Hunden, und jeder einzelne ist für Rudi ein Ereignis. Weil er nicht »Da!« bellen kann, bleibt er starr stehen und stiert in die Richtung, wo er einen anderen Hund entdeckt hat. Das kann auf der anderen Straßenseite sein; oder eben im Gewühl einer Buchhandlung. Ein Ruck ging durch meinen rechten Arm, aber um den Stop-and-go-Verkehr nicht völlig zum Erliegen zu bringen, bückte ich mich nicht, sondern tat so, als hätte ich den Hund jetzt auch erspäht: »Ja, ist es denn zu fassen«, sagte ich und zog (noch) sanft an Rudis Leine, »ein Hund!« Rudi fing an zu wedeln, bereit, den fremden Kumpel zu begrüßen. Doch diese Art von Freundlichkeit konnten wir uns jetzt echt nicht leisten.

Ich zerrte an Rudis Leine, was kein feiner Zug war. Aber was sollte ich machen!? Hätte ich Rudis Freundlichkeit freien Lauf gelassen, hätte ich hinter ihm her unter die Buchtische kriechen müssen. Und das ist ab einem »gewissen Alter« schwierig. Verdammtes »gewisses Alter«! Als ich damals mit meinen Da-Da-Da-Töchtern unterwegs war, konnte ich mir nicht vorstellen, in dieses »gewisse Alter« zu kommen, über das meine Mutter oft stöhnte. Dass ich in den Augen anderer nun ein alter Sack bin, merke ich auch daran, dass mich Verkäuferinnen mit »junger Mann« ansprechen. Diese Freundlichkeit schmerzt ein bisschen.

Und wenn mich mein Arzt fragt, wo's denn zwickt, mache ich es wie damals meine Töchter. Ich deute da hin, wo ich Gelenke vermute und sage: »Da.«

Woher das Ziehen im Arm kommt, weiß ich selbst, Herr Doktor.

Was ich an Rudi mag

Rudi ist immer für eine Erinnerung gut. Zum Beispiel erinnere ich mich an Momente, in denen er aussieht wie ein Schnitzel kurz vor der Pfanne. Dazu später. Vorher muss ich zugeben, dass außer mir wohl niemand Rudis Eigenarten bemerkt. Ich spreche so gut wie nie mit anderen über Rudis Persönlichkeit, seine Macken und Talente. Sie aufzuschreiben, ist etwas anderes. Wen es nicht interessiert, wann mich Rudi an ein Schnitzel kurz vor der Pfanne erinnert, der kann ja weiterblättern. Ich mag Leute, die nicht mögen, wie ich Rudi mag. So wie ich Rudis »pffft« mag, das aus seinem tiefsten Innern kommt, wenn er sich nachts neben meinem Bett zur Seite fallen lässt.

Ich mag Rudis Stutzen, nachdem er seinen Ball aus dem Teich geholt hat, diesen am abschüssigen Ufer fallen lässt, weil er sich ja schütteln muss, woraufhin der Ball zurück ins Wasser kullert. Stutz, in den Teich springen, schütteln, stutz, Teich, schütteln, stutz … bis ich es endlich schaffe, den Ball zu stoppen.

Womit wir beim Schnitzel wären. Nach einem Bad wälzt sich Rudi im Sand, bis er aussieht wie ein paniertes Schnitzel. Dass ihm das gefällt und ihn kein bisschen juckt, gehört zu den vielen Dingen im Leben, die ich nicht verstehe.

Ich mag, wenn er nach dem Essen auf dem Weg zu seinem Platz so ganz nebenbei – rülpst.

Ich mag die Hingabe, mit der er sich nach einem langen Spaziergang über seinen Wassernapf beugt und losschlabbert, als wäre er ein durstiges Kamel.

Ich mag, wie er seinen Kopf schiefhält, wenn er verstehen will, was ich so vor mich hin erzähle.

Ich mag sein Zucken und Strampeln, wenn er träumt, wahrscheinlich von Bällen. Oder Fliegen. Fliegen zu beobachten und sie zu jagen, hat er seit kurzem für sich entdeckt.

Ich mag sein Kläffen, sobald im Fernsehen eine Klingel ähnlich der unseren ertönt. Das Kläffen stellt er erst ein, wenn er sich überzeugen konnte, dass niemand vor der Haustür steht.

Noch mehr mag ich seinen betretenen Gesichtsausdruck nach so einem Fehlalarm.

Ich mag seinen Fresstrieb, der auch im Schlaf nicht schläft. Selbst wenn ich die Kühlschranktür im Zeitlupentempo öffne, weiß ich, ohne mich umzudrehen: Rudi steht mit hoffnungsvollem Blick hinter mir.

Und wie erstaunt er jedes Mal glotzt, wenn – huch! – ein Stückchen Käse für ihn runterfällt.

Zu vergleichen ist diese Freude höchstens mit dem Moment, in dem ich den Computer ausschalte und zu ihm sage: »Komm, wir gehen raus.«

Das mag Rudi an mir.

Lebenspfeiler sind Lebensretter!

Keine Ahnung, ob Rudi Pfeiler in seinem Leben braucht. Mit Pfeilern meine ich weder Pfosten noch Säulen oder Stangen, an denen er das Bein heben kann. Mit Pfeilern meine ich Stützpunkte, die dem Leben Halt geben. Ich brauche diese sogenannten Lebenspfeiler. Und mein mittlerweile dreieinhalb Jahre alter und neuneinhalb Kilo schwerer Freund wohl auch. Das unterscheidet ihn von meinen Töchtern. Egal.

Rudi und ich gehen an jedem Montag in den Tiergarten, das ist der größte Park in Berlin. Dort drehen wir immer die gleiche Runde, machen Halt an immer dem gleichen Teich, wo Rudi, solange der Teich nicht zugefroren ist, Stöckchen vorm Ertrinken rettet. Nach ziemlich genau einer Stunde ist unsere Tierparkrunde beendet. Danach machen wir immer einen großen Bogen nach Hause. Der Bogen ist so groß, dass wir immer eine Pause machen müssen. Immer in der gleichen Eckkneipe. Schon wenn wir in die Tucholskystraße einbiegen, freut sich Rudi wie Bolle. Denn er weiß: Gleich werden wir wie immer eine Pause machen. Bierchen für mich. Kalte Bulette für ihn. Bei Sonne draußen, sonst drinnen. Immer montags. Ja, Lebenspfeiler sind Lebensretter!

Zu Hause angekommen, nach etwa dreieinhalb Stunden (plus minus zwanzig Minuten), erwartet uns keine Überraschung. Sondern immer das gleiche: Ich lege mich mit einem Buch auf meine Couch, Rudi legt sich irgendwo in der Nähe ab. An jedem anderen Tag wartet er darauf, dass ich nach unserer Heimkehr ziemlich zügig einen Ball aus seiner Spielecke hole und wir in den Garten gehen. An! Jedem! Anderen! Tag! Nicht am Montag. Nach unserem Montagsmarsch ist das gemeinsame Abhängen ein Lebenspfeiler, an dem nicht gerüttelt wird.

Die Zeit vergeht herrlich. Lesend (ich), träumend (er). Um zu wissen, wie spät es ist, muss ich nicht auf die Uhr gucken. Wenn er neben mir steht, Männchen macht, um mir das Ohr zu schlabbern, weiß ich: Es ist sechs Uhr (plus minus fünfzehn Minuten). Das heißt: Zeit für unsere Schnüffelei durch die Nachbarschaft. Danach gibt es Fressen (er) und Abendbrot (ich). Das abendliche Fressenfassen um 19.30 Uhr (plus minus fünf Minuten) gehört zu den Lebenspfeilern, die Rudi wirklich wichtig sind. Da lässt er sogar seinen Ball liegen.

In vier Tagen ist wieder Montag. Was wir dann machen werden, weiß ich heute schon. Ob mich diese ewige Wiederholung langweilt? Nö.

Und jeden Sonntag, den Gott werden lässt, gucken Rudi und ich um 20.15 Uhr »Tatort«.

Selbstgespräche vor dem Rentenalter

Wer einen Hund hat, muss nicht aufs Rentenalter warten. Er kann auch so Selbstgespräche führen. Nicht nur im Schutz der eigenen vier Wände; selbst auf der Straße kann der Hundehalter vor sich hin brabbeln, ohne sich tödliche Blicke einzufangen. Das dürfen sonst nur Omas und Opas, Betrunkene, Babys und komische Vögel. Ungestraft vor sich hin brabbeln zu können, ist nur ein Grund, weswegen Hundehalter nie sagen werden: »Früher war alles besser.« Denn früher hatten sie wie ich keinen Hund. Und ein Leben ohne Hund ist so sinnlos wie ein drittes Hosenbein. Reißt man sich auf dem Weg zu seinem ersten Rendezvous ein Hosenbein ein, könnte man ins dritte schlüpfen. Andererseits: Ein Rendezvous, das wegen eines Risses in der Hose in die Hose geht, kann man eh vergessen.

Was ich nie vergessen darf, ist, bei öffentlichen Selbstgesprächen immer so zu tun, als würde ich mit Rudi sprechen. Wichtig ist auch, ruhig vor mich hin zu brabbeln. Denn sollte ich mich in Rage reden, wird auch Rudi unruhig. Das wäre dann das Ende meines interessanten Selbstgesprächs.

Das sind Probleme, die man gernhat, nicht wahr! Jedenfalls lieber als die Probleme, die täglich in Talkshows zerredet werden. Überall Not, Elend, Krieg, Krisen. Das hält man doch im Kopf nicht aus! Und auch meine Seele schaltet da immer öfter auf Durchzug. Hätte ich Rudi nicht, ich wäre schon längst ein Zombie. Rudi ist, das kann ich ohne Übertreibung sagen, mein Psychotherapeut. Die neunhundert Euro, die ich vor knapp vier Jahren der sächsischen Cockerpoo-Züchterin für ihn zahlen musste, waren die beste Investition, die ich in den letzten zwanzig Jahren getätigt habe. Ach was: Besser habe ich noch nie mein Geld ausgegeben. So ist es. Denken Sie nicht ähnlich, liebe Hundehalterinnen und Hundehalter?

Ich sage Hundehalter und nicht Hundebesitzer. Denn wer mit einem Hund zusammenlebt, besitzt ihn nicht. Es ist eher umgekehrt. Der Hund besitzt uns. Doch weil er das nicht weiß, nutzt er diese Abhängigkeit nicht aus. Über Menschen lässt sich das nicht so rigoros sagen.

Wenn nun das Selbstgespräch die ehrlichste Form der Kommunikation ist, dann fördert der Hund die Ehrlichkeit des Menschen. Mindestens sich selbst gegenüber.

Sollten Sie, liebe Leserinnen und Leser, meine heutigen Gedanken zum Verhältnis von Mensch und Hund ein bisschen plemplem finden, dann sprechen Sie doch mit Ihrem Hund darüber. Er wird Sie verstehen!

Jeder hat den besten Hund

Alles, was Rudi kann – tiefgründig gucken, lustig sein, Befehle überhören, schnarchen, rülpsen, Stöckchen vorm Ertrinken im See retten, unfassbar niedlich sein –, kann Ihr Hund auch. Nur besser! Ich kenne jedenfalls keinen Hundebesitzer, der seinen Hund nicht für den allerbesten hält.

Ganz gleich wie räudig und dumm der Hund auch sein mag, sein Besitzer kann Geschichten über ihn erzählen, dass man als Zuhörer vor Neid in den nächstbesten Baum beißen möchte. Tut man natürlich nicht. Sondern dreht sich am Ende der Schwärmerei um und denkt: Na, und? Selbst wenn dein Hund mit seinen Tricks ein Vermögen verdienen würde, meiner ist trotzdem der beste Hund der Welt. Denken Sie nicht ähnlich über Ihren besten Freund oder Ihre beste Freundin?

Klar könnte ich Rudi mit anderen Hunden vergleichen. Doch das mache ich nicht (höchstens um ihn zu ärgern). Jeder Vergleich wäre ja Zeitverschwendung, weil das Ergebnis schon vorher feststeht. Selbst wenn ich als Zugabe noch einen Sack Gold bekäme, käme ein Tausch für mich nicht in Frage. Das ist nicht übertrieben; das ist so.

Mit seinem Leben ist der Mensch nie so zufrieden wie mit seinem Hund. Wie oft malt man sich ein anderes Leben aus? Eines, das irgendwie spannender, reicher, sonniger ist. Wenn ich überlege, fällt mir kein Mensch ein, der über sein Leben ähnlich begeistert spricht wie über seinen Hund. Irgendwas fehlt immer. Genug ist nie genug. Nur der Hund ist und bleibt ein Wunder an Niedlichkeit und Cleverness. Kein anderer Hund kann dem eigenen das Wasser reichen, nicht mal Lassie.

Verstehen Sie mich bitte nicht falsch, liebe Leser. Ich freue mich über alle Zuschriften, in denen Rudi gelobt wird. Viele enden mit dem Satz: »Unser Hund ist genau wie Rudi.« Nein, liebe Rudi-Freunde, Ihr Hund ist einzigartig. Wie er den Kopf schiefhält, wenn er kein Wort versteht! Wie konzentriert er nach einem langen Spaziergang sein Wasser schlabbert! Wie er auf dem Rücken liegend schläft, weil er sich absolut sicher und geborgen fühlt! Wie er einen anhimmelt, sobald er auf ein Leckerli hoffen darf! Wie reumütig er an einem vorbeiguckt, wenn man mit ihm schimpft! Und wie er danach wieder durch die Gegend hüpft, bereit, keinem Spaß aus dem Weg zu gehen – egal wie laut man hinter ihm herruft!

Klingt, als würde ich über Rudi sprechen. Aber ich meine Ihren Hund. Ja genau, Ihren!

Der Was-zum-Henker-mache-ich-hier-Blick

Ob verdient oder nicht: Rudi und ich haben Urlaub gemacht. Auf Sylt. Anders als Mallorca ist Sylt mit dem Auto zu erreichen. Und? Dankt mir Rudi, dass ich ihm mindestens drei Stunden im Käfig im Laderaum eines Flugzeugs erspart habe? Natürlich nicht! Wie sollte er?

Eine Autofahrt von uns aus zum Berliner Tiergarten dauert etwa fünfzehn Minuten. Das ist die Zeitspanne, die Rudi ziemlich klaglos hinnimmt. Alles, was darüber hinausgeht, wird mit Blicken quittiert, die erst voller Hoffnung und Vorfreude sind.

Denn dauert eine Fahrt länger als fünfzehn Minuten, heißt das, es geht zum Badesee. Doch fahren wir auch nach einer halben Stunde nicht rechts ran, ahnt Rudi Schlimmes. Und so guckt er dann auch: Die Hoffnung stirbt zuletzt – aber sie stirbt. Und nach spätestens fünfundvierzig Minuten ist sie mausetot.

Rudi könnte sich jetzt lang machen im Fußraum und das monotone Motorengeräusch und das Hörbuch auf sich wirken lassen. Denkste. Rudis Augen fallen nicht zu. In seinem Blick liegt hoffnungslose Leere. Sein Blick fragt nicht: »Woher komme ich, wohin gehe ich?« Sein Blick fragt: »Was zum Henker mache ich hier!? Vor mir sehe ich nur Beine und Füße, von oben kommt eine Stimme, die ich nicht kenne.« Auf meine beruhigenden Worte reagiert er mit müder Arroganz. Er will, dass ich anhalte. Er will das Anziehen der Handbremse und das Klicken des Sicherheitsgurtes hören. Diese Geräusche wirken auf ihn stets so wie eine Kanne Espresso auf mich: Leben fährt durch seinen Körper bis in die Fellspitzen, er fiept und drückt seine Vorderpfoten gegen die Autotür, als könnte er sie öffnen. (Rudi muss sich übrigens sicher sein, dass er Türen öffnen kann. Denn kurz nachdem er gegen sie gedrückt hat, gehen sie immer auf.)

Wie auch immer. Wo waren wir stehen geblieben? Richtig, noch gar nicht. Wir sind auf der Autobahn, gut vier Stunden vor Sylt. Klar machen wir immer mal wieder eine Pause. Rudi liebt den Geruch von Raststätten und kann deshalb nicht so ganz verstehen, dass wir irgendwann wieder ins Auto müssen. Sobald ich die Beifahrertür öffne, guckt er überall hin – nur nicht zum dunklen Schlund, in den er hineinhüpfen soll. So oft, wie ich schon gesagt habe, wir seien »gleich« da, kann ich gut verstehen, dass er mir nicht glaubt.

Dann – o Wunder! – waren wir wirklich da. Jedenfalls auf dem Autozug nach Sylt. »Zwei Wochen endlose Strandspaziergänge, Rudi! Wellen jagen, Rudi! Fremde Bäume und Gräser beschnuppern, Rudi!« Meine Begeisterung verhallte in den Tiefen des Fußraums. Rudi war eingeschlafen.

Körperpflege im Urlaub?

Letzte Woche waren Rudi und ich an dieser Stelle noch auf dem Autozug nach Sylt; und heute sind wir schon da. Herrlich! Oder, wie man im Park auf einer Bank sitzend und in die Sonne blinzelnd so gern sagt: »Heeerrlich!«

Nun hat Sylt den Ruf, eine herrliche Nordseeinsel zu sein. Auf der aber auch Porsche fahrende Backpfeifengesichter mit ihren aufgedrehten Gattinnen die Sau rauslassen. Doch das stimmt nicht; jedenfalls nicht nur. Rudi und ich mögen Sylt, weil wir hier anders sein können als zu Hause. Das fängt schon bei der Körperpflege an.

Zu Hause verlasse ich das Haus nie ohne einen Tropfen Parfum hinter den Ohren. Im Urlaub auf Sylt reichen mir Salz auf der Haut und Meeresluft im Haar. Auch Rudi entdeckt hier die vielfältige Natürlichkeit der Natur. Ein Strand ist für ihn so etwas wie für unsereins eine Douglas-Filiale. Alle paar Meter gibt es einen neuen Duft zu entdecken. Hier ein frischer Fischkadaver! Und da, noch besser, weil seltener zu finden, der süße Duft einer verwesenden Möwe. Steigt ihm dieser Leichengeruch in die Nase, ist er nicht mehr zu halten. Erst wird die tote Möwe von allen Seiten beschnuppert, dann legt er sich auf das zerzauste Gefieder, wälzt und räkelt sich darin wie wir in einem Schaumbad. Und was mache ich? Ich lasse ihn gewähren. Denn auf Sylt gilt für Rudi: Hier bin ich Tier, hier darf ich's sein!

Klar, so viel Natürlichkeit ist nicht jedermanns Sache. Manch einer bereut es, Rudi in diesem Zustand gestreichelt zu haben. Aber hey Leute, was soll's, solange ihr euch nur im nach toter Möwe riechenden Hundefell die Hände schmutzig macht, ist doch alles gut. Das sehen die meisten Strandbesucher auch so. Und die Porsche fahrenden Backpfeifengesichter sitzen mit ihren aufgedrehten Gattinnen sowieso in irgendeiner Strandbude in einer Parfumwolke, wo sie flaschenweise überteuerten Weißwein trinken. Diese Lokalitäten besuchen Rudi und ich nur, wenn wir Lust auf rümpfende Nasen haben. Also immer dann, wenn Rudi die Nase voll hat vom Wellen-zurück-ins-Meer-Jagen. Und meine salzige Kehle nach Erlösung schreit.

Dann kehren wir ein in eine dieser rauen Strandbuden, gern auch in die immer noch berühmte *Buhne 16*, obwohl da längst keine Playboys mehr auf nackte Häschen warten. Rudi liegt müde und glücklich und stinkend unterm Tisch, ich zische ein Bierchen und seufze: »Heeerrlich!«

Zu alt, um jung zu sein

Alles hat ein Ende, und das Urlaubsende ist eines der bittersten. Adieu Sylt, du Insel, auf der das Wetter die Stimmung nicht verhageln kann. Du Ort, der glücklicher macht als shoppen. Apropos Geld: Sylt ist nicht, wie andere Urlaubsorte, in der Ferienzeit überteuert. Sylt ist immer teuer. Aber einmal im Jahr die Seele salzige Champagnerluft atmen zu lassen, muss einfach drin sein.

Auch Rudi wird Sylt vermissen: Wer jagt und beißt die Wellen zurück ins Meer, wenn er nicht mehr da ist? Wer soll dann am

Strand mit den herrlich stinkenden Fischleichen toben? Mit wem soll das Watt dann Schlammschlacht spielen? Es gibt noch so viel, was Rudi an Sylt liebt. Auf eins wird er aber gut verzichten können: auf die Spaziergänge kurz vor dem Schlafengehen.

Kurz bevor sich Rudi zu Hause ins Traumland verabschiedet, unternimmt er noch einen kleinen Kontrollgang durch den Garten. Über die Schatten, die dort Bäume und Sträucher werfen, muss er sich selten aufregen. Die Dunkelheit auf Sylt bleibt ihm auch nach vierzehn Tagen fremd. Es knackt und rauscht, es heult und raschelt. Es wäre übertrieben zu sagen, dass Rudi bei unseren abendlichen Spaziergängen schleicht wie ein Indianer; aber nur ein bisschen. Er legt auch keinen Wert darauf, von der Leine gelassen zu werden. Nein, nein, so viel Freiheit braucht er nicht im fremden Dunkeln. Und wenn ich ihn ziehe, schaut er mich an wie ein alter, müder Herr, der zur Eile gedrängt wird. »Es ist Schlafenszeit, Kumpel«, will er mir sagen. Und dass Sylter Nächte für seinen Geschmack echt zu undurchsichtig seien. Und wenn er dann so dasteht und zittrig guckt, fällt mir immer ein, dass Rudi mit seinen dreieinhalb Jahren ja noch ein kleiner Junge ist.

Tagsüber denke ich das nicht. Wie auch? Da benimmt er sich ja wie ein Halbstarker, der um keinen Spaß einen Bogen macht. Und ermahne ich ihn, weil er es arg zu bunt treibt, erwische ich mich bei dem Gedanken, dass ich mich benehme wie jemand, der zu alt ist, um jung zu sein.

Jung wird Rudi, sobald wir uns unserer Ferienwohnung nähern, wenn er die erleuchteten Fenster sieht und irgendeinen Busch riecht, den er kennt. Dann wird der alte Herr Rudi, der sich gerade noch nach seinem Schlafplatz sehnte, wieder zum Rowdy, der noch gaaar nicht müde ist.

Unsere abendlichen Spaziergänge auf Sylt werde ich vermissen.

Rudis Blicke

Ich kenne keinen Menschen, wirklich niemanden, weder Mann noch Frau, der mit einem einzigen Blick mehr sagen kann als Rudi. Na gut, Frauen können besser als Männern ihre Gefühlslage mit Blicken ausdrücken; ich sage nur: rollende Augen. Rollt die Frau mit den Augen, geht der kluge Mann in Deckung. Irgendwas hat er wieder falsch gemacht, das ist sicher. Nur was? Ach, Frauen sind schon ein großes Rätsel, und sollte das Rätsel irgendwann gelöst werden, dann wäre das Leben so fad wie ein Leben ohne Hund.

Rudi kann mir mit einem einzigen Blick sagen, wozu ich ganze Sätze bräuchte. Nun könnten Psychologen einwenden, ich würde Rudis Blicke so verstehen, wie ich sie verstehen will. Das ist nicht ganz richtig, liebe Psychologen. Denn wenn ich den Blick, den Rudi mir zuwirft, nicht auffange, schaltet er augenblicklich den Schmoll-Blick ein. Der geht so: Er macht sich auf dem Boden platt, legt den Kopf schräg auf seine ausgestreckten Vorderpfoten, seufzt – und schaut demonstrativ an mir vorbei. Selbst wenn ich den Raum verlasse, bleibt er die beleidigte Leberwurst. Beim Verlassen des Raums kann ich in seine Augen gucken – und sehe: Auch ein Schaf im Regen kann nicht so traurig gucken wie ein schmollender Rudi.

Und natürlich kenne ich den Grund seines Schmoll-Blicks. Weil ich zum Beispiel auf seinen Schmacht-Blick nicht reagiert habe. Der Schmacht-Blick geht so: anstarren. Anstarren als wäre ich eine Metallskulptur und seine Blicke könnten mich formen. Es kommt nicht wirklich oft vor, dass mich Rudis Schmacht-Blick hart lässt. Wenn doch, folgt auf den Schmacht-Blick wieder der Schmoll-Blick, jetzt mit einem unendlich gelangweilten Seufzer.

Dann werde ich weich. Nicht sofort. Nein, ich lasse ein paar Minuten vergehen, bevor ich seinen Ball aus der Spieltüte hole. So bringe ich ihm bei, dass er gucken kann, wie er will. Entscheidend ist, was ich, sein Chef, will! Und wenn ich dann singe »Einer geht noch, einer geht noch rein«, legt Rudi seinen Kopf schief und glotzt mich an, als wollte er sagen: »Geht's noch, Kumpel? Kann ich irgendwas für dich tun?«

Ja, Rudi, das könntest du tatsächlich. Bring mir bei, schlau zu gucken. Dann könnte ich einen Erziehungsratgeber für Hundehalter schreiben, würde irgendwann in Talkshows sitzen und erzählen, wie ich es geschafft habe, aus dir einen so tollen Hund zu machen.

Die pingelige Hausfrau

Zu den vielen Dingen, die Rudi nicht mag, gehört das Packen von Koffern. Es ist nicht mein Fluchen über den nur mit Gewalt zu schließenden Kofferdeckel, das ihn stört. Und meinen Jubelschrei nach getaner Packerei quittiert er nur mit seinem berühmten Geht's-noch-Kumpel-Blick. Nein, was Rudi wahnsinnig macht, ist die bloße Anwesenheit des Koffers – egal ob leer oder voll. Solange der Koffer unsichtbar in der Abstellkammer herumsteht, hat Rudi nichts gegen ihn; was auch? Aber steht der Koffer plötzlich wie aus dem Nichts in der Wohnung, flippt Rudi aus. »Du gehörst hier nicht hin«, bellt Rudi den armen Koffer zusammen. Und dass der Koffer auf Rudis Tobsuchtsanfall cool und regungslos reagiert, macht Rudi noch wilder. In diesem Augenblick erinnert mich Rudi immer an ein streitendes Paar, bei dem der eine auf die Schimpferei des anderen mit einer Ruhe reagiert, die alles nur noch schlimmer macht. Die Ehemänner und Ehefrauen unter Ihnen wissen, was ich meine.

Rudi ist aber weniger mit einem streitlustigen Ehemann zu vergleichen als vielmehr mit einer pingeligen Hausfrau. Ihn machen einfach Dinge irre, die plötzlich in der Wohnung stehen, wo sie nie gestanden haben. Was natürlich nicht stimmt. Denn Müll- oder Einkaufstüten tauchen immer mal wieder in der Wohnung auf. Koffer kommen zwar sehr viel seltener zu Besuch, trotzdem müsste er sich an sie erinnern können. Dass er es nicht tut, hat wohl mit einem Talent zu tun, das auch ich im Übermaß besitze: Das Talent, unliebsame Ereignisse zu verdrängen. Verdrängung halte ich tatsächlich für eine göttliche Gabe, ohne die kein Mensch überleben könnte.

Rudi-Koffer-Verdrängungs-Gott: Schon verrückt, was mir alles einfällt, wenn ich über das Leben mit Rudi nachdenke. Dafür muss ich mich nicht mal anstrengen. Seit ich Rudi kenne, also seit fast vier Jahren, will es mir scheinen, dass meine Tage mehr Augenblicke haben. Es sind Momente, die so winzig sind, dass Menschen ohne Hund sie nicht erkennen können. Rudis Zusammenscheißen von Müll- und Einkaufstüten, Koffern und neuen Blumentöpfen gehört unbedingt dazu. Es nervt mich und stört die Nachbarn. Andererseits wäre ein Rudi ohne Tobsuchtsanfälle nicht mein Rudi.

So gesehen, ist Rudi für mich so lebensnotwendig wie mein Verdrängungstalent. Geht es Ihnen mit Ihrem Hund nicht auch so? Ich hoffe schon.

Ein falscher Hund?

Der Hund sei der beste Freund des Menschen, sagen Hundebesitzer. Politiker und andere Leute, die täglich im sogenannten Haifischbecken überleben müssen, raten Neueinsteigern: »Wenn du einen Freund willst, besorg dir einen Hund.« Und wer kann ihn nicht mitsummen, den Schlager der Comedian Harmonists »Ein Freund, ein guter Freund, das ist das Beste, was es gibt auf der Welt.«

Warum Menschen oft von einem »falschen Hund« sprechen, wenn sie einen heimtückischen Typen meinen, verstehe ich nicht. Wie auch? Ein Hund würde nie etwas tun, um seinen Besitzer bewusst zu täuschen. Geschweige denn zu enttäuschen. Denn ein Hund will mit seinem Menschen in Eintracht leben. Alles Falsche ist ihm fremder als vegetarische Ernährung. Und: Ein Hund weiß nicht nur, was er kann. Er weiß auch – und das ist noch wichtiger! – was er nicht kann. Ich kenne eigentlich keinen Menschen (mich eingeschlossen), der seine Fähigkeiten beziehungsweise sein Unvermögen so objektiv einzuschätzen weiß wie ein Hund.

Was Rudi aber wirklich zu meinem besten Freund macht, wird in eher dunklen Momenten deutlich. Liege ich am Boden, will er mich nicht gleich hochziehen, sondern setzt sich erst mal dazu. Im Falle eines Stimmungstiefs ist mir freundliche Gleichgültigkeit lieber als gutgemeinte Anteilnahme. Bin ich undankbar, wenn mich spontane Aufmunterungen nerven? Ich weiß in diesen Momenten selbst, dass alles halb so schlimm ist. Dass ich irgendwas falsch sehe. Kopf hoch? Wird schon? Ja, Freunde, schon klar!

Rudi hingegen setzt sich zu mir in meinen Stimmungskeller, das heißt: Er spürt, dass mir jetzt nicht nach Spielen ist, nicht nach frischer Luft oder Tapetenwechsel. Könnte Rudi die Kühlschranktür öffnen, würde er mir wahrscheinlich ein Käsebrot machen. Da er das nicht kann, guckt er nur. Atmet tief. Kratzt sich. Und gibt mir so zu verstehen, was Udo Jürgens über die Sonne sang, die immer, immer, immer wieder aufgeht. Dunkelheit für immer gibt es nicht, die gibt es nicht.

So isses! Danke, alter Freund! Bevor wir dann zusammen neuen Abenteuern entgegengehen, öffne ich noch mal kurz die Kühlschranktür.

Rudi bleibt ein kleiner Junge

Rudi ist an dem Tag, an dem diese Kolumne erscheint, drei Jahre und zehn Monate alt, plus minus zwei Tage. Rudi ist ein Cockerpoo. Wäre er eine Hauskatze, könnte er in dieser Woche seinen dritten Geburtstag feiern. Als Mensch, müsste er langsam verstärkt anfangen, an seine Zukunft zu denken. An Bausparverträge, an Altersvorsorge, Dispokreditzinsen, Hausordnungen und den ganzen blöden Ernst, den man als Mensch am liebsten vor sich herschiebt. Rudi, der Mensch, wäre jetzt sechsundzwanzig Jahre und zehn Monate alt.

Und ehrlich gesagt: Ziemlich oft kommt er mir sehr erwachsen vor. Zum Beispiel, wenn er gewissenhaft Büsche, Bäume und Hauswände inspiziert. Oder wenn er einen Markknochen mit einer Konzentration und Hingabe auslutscht, die mich an einen Chirurgen bei einer Herztransplantation erinnert. Und wenn er dann, nach getaner Arbeit, schnarcht wie ein Holzfäller. Ganz besonders erwachsen wirkt Rudi auf mich, wenn er mein Rufen hartnäckig überhört und so tut, als wüsste er selbst am besten, was gut und richtig für ihn ist. In solchen Augenblicken vergesse ich regelmäßig, dass Rudi im Grunde seines Wesens ein kleiner Junge ist. Und immer bleiben wird!

Denn Rudi verfügt über eine Gabe, die den meisten Menschen auf ihrem Weg in die Erwachsenenwelt abhandenkommt: Im Alter noch so neugierig zu sein wie ein Kind, so verspielt, so unernst, so unbeschwert, so voller Vertrauen und bedingungsloser Liebe. Kinder, die sich wie Erwachsene geben, nerven brutal. Kindliche Erwachsene sind eine Freude. Eh klar, nicht wahr?

Der große Rudi wird immer klein bleiben. Es braucht nur einen Ballwurf, und alles Erwachsene verschwindet aus seinem schwarzgelockten Körper wie eine dunkle Wolke. Fliegt der Ball, gibt es nur noch ihn und mich und dieses Etwas, dem er hinterherrennt. Da bekommt die Redewendung »dem Glück hinterherjagen« eine tiefere, handfestere Bedeutung. So muss es sein! Genau so! Und nicht so wie das, was wir Menschen jeden Tag veranstalten, um sich abends dann einzureden, der Tag hätte sich gelohnt. Von Rudi lernen, heißt leben lernen. Und manchmal gelingt es mir schon sehr gut.

Pablo Picasso, das für alle Zeiten unschlagbare Malergenie, hat mal gesagt: »Man braucht sehr lange, um jung zu werden.«

Mit Picasso starb am 8. April 1973 ein zweiundneunzig Jahre altes Kind.

Der richtige Hund

Heute Morgen bin ich mit dem Gedanken aufgewacht: Ist Rudi überhaupt der richtige Hund für mich? Was für eine dumme Frage, dachte ich dann und schaute mir Rudi an, der mir gerade zur Begrüßung kurz durchs Gesicht geleckt hatte. Das macht er jeden Morgen, da kann ich noch so laut »Iiih!« schreien. In Rudis Schlappohren klingt mein morgendliches »Iiih« wohl ähnlich verlockend wie für mich das Grummeln der Espressomaschine. Sowieso scheine ich für ihn der richtige Mensch zu sein. Rudi hat viel Blödsinn im Kopf, aber keine dummen Fragen. Ich schon. Warum bloß? Wie komme ich auf die Idee, Rudi könnte nicht zu mir passen?

Rudi ist ein Cockerpoo, sein Vater ist ein Pudel, seine Mutter ein Cocker Spaniel. Das heißt Rudi ist einerseits klug, andererseits verfressen. So klug, sich nicht zu überfressen, ist er allerdings nicht; auf seine Figur muss also ich achten. Einer muss ja die gesunde Ernährung im Blick haben. Bei mir ist das meine Frau. So gesehen sind Rudi und ich Leidensgenossen. Und mehr als das!

Der Charakter eines Cockerpoo wird nämlich als »menschenbezogen« beschrieben, als »ausgeglichen«, »fröhlich«, »sportlich«, »geduldig«, »tolerant«, »offen für neue Situationen und Menschen«. Kurzum: Rudi verfügt über Charaktereigenschaften, die mir mehr oder weniger völlig abgehen. Ist das schlimm? Überhaupt nicht! Wir ergänzen uns hervorragend. Wie Polizisten im Verhör, wo der eine den Verständnisvollen spielt, während seinem Kumpel ständig der Kragen platzt. Rudi und ich sind die Gegensätze, die sich anziehen. Und zusammen sind wir ein unschlagbares Team. Ja, ich scheue mich nicht zu sagen: Unsere Seelen sind auf Augenhöhe!

Wieso ich mit dem Gedanken aufgewacht bin, Rudi könnte trotz allem doch nicht der richtige Hund für mich sein, liegt an meiner manchmal doch sehr beklagenswerten Blödheit, die an diesem Morgen im Gedanken gipfelte, dass Cockerpoos nicht »in« sind. Alle paar Jahre ist ja eine andere Hunderasse in Mode. Mal ist es der Dackel, mal der Mops. Dann werden Huskys oder Hütehunde ausgeführt, zwei Rassen, die, nebenbei bemerkt, nun wirklich nichts in unseren Städten zu suchen haben.

Dass Cockerpoos seit 1950 in den USA bekannt sind und in Australien und Schweden meist »Spoodles« heißen, ist gut zu wissen. Mir aber eigentlich egal, solange Rudi Rudi bleibt.

Nach meinem morgendlichen »Iiih« goss ich mir einen Espresso aus der grummelnden Maschine ein und dachte: Wie bescheuert muss man sein, seinen Hund nach modischen Kriterien auszusuchen?

Der kleine Junge, der ich mal war

Gegen Vergesslichkeit soll ein Kraut gewachsen sein, es wird aus den Blättern des japanischen Ginko-Baums gewonnen. Eine Ginko-Pille soll Wunder wirken – vorausgesetzt man vergisst nicht, sie regelmäßig zu schlucken. Noch ein Medikament also, das Menschen ab einem »gewissen Alter« einnehmen müssen. Dass ich ein alter Sack bin, wird mir immer wieder von freundlichen Verkäuferinnen deutlich gemacht, indem sie mich fragen: »Was darf's denn sein, junger Mann?« Seufz.

Und damit zu etwas Erfreulichem. Ich habe etwas entdeckt, was bei mir besser wirkt als die Blätter des Ginko-Baums, nämlich: Notizzettel! Ohne diese Zettel wäre Rudi nur ein Hund ohne Eigenschaften. Indem ich aber aufschreibe, was Rudi so anstellt, erinnere ich mich sogar an Weihnachten. Da kam der Weihnachtsmann in mein Elternhaus und las aus einem dicken Buch vor, was ihm im Jahr so zu Ohren gekommen war. So gesehen bin ich, wann immer ich vor einer Rudi-Kolumne sitze, der Weihnachtsmann. Und Rudi ist der kleine Junge, der ich mal war. Na ja, ich glaube, diesen Gedanken kann ich vergessen. Obwohl: Hätte ich ihn nicht aufgeschrieben, wüsste ich nicht, was ich vergessen kann. Goldfische sind übrigens die Weltmeister im Vergessen. Alles, was Goldfische bei ihren Runden sehen, vergessen sie innerhalb von drei Sekunden. Ein Goldfischbesitzer muss also kein schlechtes Gewissen mehr haben, weil seine Lieblinge ein so langweiliges Leben haben. Im Gegenteil: Goldfische glotzen den Beobachter an, weil sie denken: He, wer ist das denn? Alle drei Sekunden wieder! Irgendwie beneidenswert.

Was ich besser nicht noch einmal vergessen sollte, ist, mir die Hände zu waschen, nachdem ich Rudi ein Leberwurst-Eis gemacht habe. Beim letzten Mal muss der Notizzettelblock danach so lecker gerochen haben, dass Rudi zum Reißwolf wurde. Meine Oma trällerte in solchen Momenten »glücklich ist, wer vergisst, was nicht mehr zu ändern ist«. Gleich mal notieren! Und auch wie Rudi guckt, sobald ich anfange, mit hoher Stimme zu singen. Wie ein Goldfisch, der seinen Kopf schiefhalten kann. Ist das bemerkenswert? Oder doch eher reif, in den unendlichen Weiten des Bewusstseins zu verschwinden?

Man weiß es nicht, man weiß es nicht. Das Einzige, was sich verlässlich über das Leben sagen lässt, ist: Es geht weiter. Muss ich mir nicht notieren. Sehe ich ja jeden Tag.

Froh in den November

Der Hund ist das einzige Lebewesen, das sich der Mensch bewusst in sein Leben holt und diese Entscheidung so gut wie nie bereut. Kinder sind doch ganz selten Wunschkinder, wenn sie kommen, kommen sie und werden dann (hoffentlich) freudestrahlend und zärtlich aufgenommen. Erwachsene sagen zwar ganz bewusst »Ja« zueinander, doch diese Entscheidung hält leider nur in Ausnahmefällen ein Leben lang. Hunde hingegen bleiben, bis der Tod uns scheidet.

Rudi wird im nächsten Monat vier Jahre alt; wenn das Schicksal will, werden wir wohl sechzehn Geburtstage zusammen feiern können, es soll Cockerpoos geben, die zwanzig Jahre alt geworden sind. Auch wenn sich der November nun wie ein Wischlappen aufs Land legt, wollen wir nicht ans Ende denken. Rudi und ich sind gut unterwegs, toi, toi, toi. Und seit er vor vier Jahren mein liebster Begleiter wurde, hat das Wetter keine Macht mehr über mich. Egal wie grau und nass es draußen ist, wir machen uns auf den Weg. Rudi zugegeben noch ein bisschen fröhlicher als ich, denn unter dem feuchten Laub müssen wahnsinnig interessante Informationen verborgen sein. Ich kenne ein halbes Dutzend Hunde näher, aber keinen, der so konzentriert seine Nase in alles steckt wie Rudi. Klar nervt mich sein Wissensdurst schon manchmal, besonders bei Nieselregen. Aber ich nerve ihn ja auch, wenn ich auf der Couch liegend noch schnell einen Zeitungsartikel überfliegen muss, bevor es dann raus ins Wetter geht.

Einen Regenmantel hat Rudi übrigens nicht. Wir haben es mal versucht, doch irgendwie machte er in dem sonnengelben Ding einen unglücklichen Eindruck. Also haben wir uns aufs Abrubbeln nach dem Spaziergang geeinigt. Das gefällt ihm, das gefällt ihm sehr. Das Trocknen der Stelle, die ich übersehen habe, übernimmt er immer selbst. Er wälzt sich dann grunzend auf dem hellen Teppich. Das gefällt mir nicht so. Aber damit kann Rudi leben. Er kommt dann ziemlich augenblicklich meiner Bitte nach, mit dem Scheiß aufzuhören. Für seinen treudoofen Ich-mach-doch-gar-nichts-Blick gibt's dann ein Leckerli. Ich weiß, liebe Hunde-Experten, konsequente Erziehung sieht anders aus. Andererseits bin ich der Meinung, dass Konsequenz der Kobold beschränkter Geister ist.

In diesem Sinne wünsche ich allen Hundefreunden einen feuchtfröhlichen November.

Rudi braucht keine Schönheitsoperation

Früher war Südkorea vor allem als Land bekannt, in dem Hundefleisch gegessen wird. Mittlerweile kommt der Hund in koreanischen Familien nicht mehr auf den Esstisch, sondern unters Messer. Ja, Schönheitsoperationen für Hunde sind der letzte Schrei. Ohren werden verändert, Augen vergrößert, dem Hund wird Botox ins Gesicht gespritzt. Da wird doch der Hund in der Pfanne verrückt, könnten wir uns jetzt empören. Wer mag, kann sich mal im Internet Fotos von »verschönerten« Hunden angucken. Manche sind so süß, dass man sich wundert, dass sie in Südkorea nicht als Dessert serviert werden!

Rudi braucht keine Schönheitsoperation. Der bekommt auch so Komplimente am laufenden Band. Nicht von mir, sondern von fremden Menschen auf der Straße. Diese Menschen sind meistens weiblich oder Kinder, ihre Begeisterung äußerst sich in kurzen, spitzen Schreien: »Ist der süüüß!« Ich muss zugeben, dass mir diese Begeisterungsschreie immer eher peinlich sind. Werde ich dann auch noch direkt angesprochen – »Sie haben aber einen hübschen Hund« –, weiß ich nie so genau, wie ich reagieren soll. Da ich mit Lob sowieso schlecht umgehen kann, mache ich Rudi immer hässlicher oder dümmer, als er tatsächlich ist. So in der Art, ach, der ist doch gar kein richtiger Hund, gut sieht er nur aus, weil er gerade beim Friseur war. Und so schlau, wie er guckt, ist er längst nicht. Ich kann halt mit Lob und Komplimenten schlecht umgehen, was soll ich machen?

Rudi ist beides egal, die Begeisterung der anderen und mein Unvermögen, sie lässig oder dankbar anzunehmen. Nur manchmal, wenn die Schreie allzu spitz sind, schreckt er auf. Würde mal jemand sagen: »Ihr Hund kann sich ja toll erschrecken«, wüsste ich genau, was ich dann antworten würde: »Kein Hund ist so schreckhaft wie Rudi!« Gäbe es für Hunde eine Weltmeisterschaft im Zusammenzucken, müsste er keinen Gegner fürchten! Und wie groß dann seine Augen werden, das bekommen auch die Schönheitschirurgen in Südkorea nicht besser hin.

Würde also mal jemand Rudis Schreckhaftigkeit loben, hätte ich keine Probleme, das Lob anzunehmen. Nur leider wird in unserer auf Schönheit fixierten Welt auf diese Talente kein Wert gelegt. Damit kann der süße, schlaue, folgsame, gutmütige, humorvolle, ballverliebte Rudi aber gut leben.

Grillabende oder Killabende?

Das Einzige, was sich verlässlich übers Leben sagen lässt, ist: Es geht weiter. Aber wohl nicht mehr lange für all jene, die Wurst und Fleisch zum Fressen gernhaben. Denn die Weltgesundheitsorganisation (WHO) hat nun rotes Fleisch und Wurst aller Art als krebsfördernd eingestuft. Auch die Thüringer Bratwurst ist demnach Gift. O mein Gott, dann sind die nächsten Grillabende ja Killabende!

Nein, das ist nicht lustig; vor allem nicht für meinen Freund. Rudi hasst nämlich alles, was gesund sein soll. Was habe ich nicht alles versucht, um ihn von seiner Fleischeslust abzulenken. Die bekannten Würstchen im Schlafrock brachten mich auf die Idee, Möhren mit Leberwurst zu garnieren. Die Leberwurst hat er abgeschleckt, die Möhre geraspelt und in der Küche verteilt. So orangefarbene Tupfer auf hellen Fliesen machen sich gut, sollten Sie auch mal versuchen, wenn Sie sonst keinen Grund sehen, den Küchenboden zu wischen.

Beim Wischen der Küche hörte ich im Radio, dass die Weltgesundheitsorganisation vor dem Verzehr von rotem Fleisch warnt, aber auch gleich Entwarnung gibt: Solange wir nämlich Fleisch bewusst konsumieren, ist alles halb so wild. Groß war meine Freude. Und kurz.

Wie soll ich Rudi zum bewussten Fleischverzehr bringen? Er gehört nun mal zu den freundlichen Lebewesen, die Kaninchen, Lämmchen und Kühen nie ihr Grünzeug wegfressen würden. Bei seiner täglichen Mahlzeit, pünktlich um 19.30 Uhr serviert, kostet es ihn Mühe, zwei Sekunden vor seinem frisch gefüllten Fressnapf sitzen zu bleiben, bis ich mit einer einladenden Handbewegung sage: »Uuund bitte!« Bevor ich die Fleisch- und Gemüsedosen verschlossen und das Fischöl-Fläschchen zugeschraubt habe, wälzt sich Rudi schon auf dem Teppich, um sich die Essensreste aus dem Bart zu wischen. Kurz gesagt: Dass Rudi, wie von der WHO gefordert, Fleisch bewusst isst, werde ich nicht mehr erleben. Selbst dann nicht, wenn ich mich ab morgen nur noch von Kokosnüssen und selbstgezogenen Wildkräutern ernähre.

Zu Rudis Glück höre ich nicht nur auf die Gesundheitsapostel, ab zu und lese ich auch in den Schriften der alten Griechen. Und da bin ich auf einen Satz des Philosophen Platon gestoßen, über den sich Rudi freuen wird wie über eine halbe Wiener. Lange bevor es Bio, Raucherecken und Frischzellenkuren gab, erkannte Platon: »Die ständige Sorge um die Gesundheit ist auch eine Krankheit.«

Diesen Satz unterstreichen Rudi und ich jetzt mal.

Pläne schmieden ist so ungesund wie Fastfood

Tja, das war's. Und zu erwarten. Wie jedes Jahr hat auch dieses ein Ende. Sollten Sie noch ein paar gute Vorsätze auf der To-do-Liste von 2015 stehen haben, dann mal los, denn sechs Wochen sind schnell vorbei. Andererseits: Ruhe bewahren! Kann doch sein, dass Experten morgen herausfinden, dass Pläne schmieden so gesundheitsschädlich wie Fastfood ist. Wundern würde es mich nicht. Pläne schmieden oder Hamburger mampfen macht erst Spaß. Doch nach dem Spaß meldet sich sofort das schlechte Gewissen. Wie oft hat man sich schon vorgenommen, keine Hamburger, Currywürste und Fritten mit Majo mehr zu essen? Tut man's dann doch wieder, hasst man sich für seine Unbeherrschtheit. Und Selbsthass macht krank, das steht mal fest.

So weit lassen wir es im neuen Jahr nicht kommen. Abgemacht? Mir reicht ja schon mein schlechtes Gewissen Rudi gegenüber. Wer einen Hund oder Kinder hat, wird wissen, was ich meine. Guckt mich Rudi nach dem Fressen an, als sei er kurz vorm Verhungern, überlege ich, ob ich ihm wirklich genug in seinen Napf gefüllt habe. Was, wenn er mit dem Gedanken einschläft, sein Kumpel ließe ihn hungern, obwohl der Kühlschrank voll ist? Ein für mich ziemlich unerträglicher Gedanke. Also gebe ich ihm noch ein klitzekleines Leckerli, was mich augenblicklich an Fettleibigkeit denken lässt. An Gelenke, die irgendwann unter seinem Körpergewicht stöhnen werden. Und nach dem Fressen geht meine Unsicherheit weiter. Hat er genug Auslauf? Genügend Ruhephasen? Lobe ich ihn zu wenig? Oder zu viel? Okay, Entwarnung: Beim Loben habe ich mich mit mir darauf geeinigt, nur noch zu klatschen, wenn er seinen Ball in der Luft fängt. Schafft er es nicht, gibt's kein Lob. Ja, Herrschaften, ich bin schon ein harter Hund!

Bin ich zu hart, wenn ich ihn nicht an jedem, jedem, wirklich jedem Fleck schnuppern lasse? Ziehe ich Rudi weg, wird mir sofort klar, dass Rudi keine Termine hat. Und ich? Nun, kommt es wirklich auf die Minute an? Selten. Ach Mann, es ist so schwer, ein harter Hund zu sein. Sie könnten jetzt sagen, ich sei ein dummer Hund. So ein Gewese um Rudi zu machen, sei doch nicht normal. Stimmt. Aber als Vater von drei Töchtern habe ich normale Fürsorge nie gelernt. Was soll das überhaupt sein, »normale Fürsorge«? Ich finde, bei allem, was man gern macht, ist übertriebene Liebe das richtige Maß.

Und wenn ich mir eines vornehme für 2016, ist es das: An dieser Einstellung nichts zu ändern.

Ein Hauch von Bahnhofsklo

Rudi! War! Im! Ausland! Zum ersten Mal; und dann gleich in einem Land, das wir 1974 im Endspiel der Fußball-Weltmeisterschaft geschlagen haben: Deutschland zwei, Holland eins. Dass Vizeweltmeister doch auch was ist, sollte man in Maastricht nicht sagen, schon gar nicht als amtierender Weltmeister.

Maastricht sieht ein bisschen aus wie Münster im »Tatort«. Um den berühmten Vertrag von Maastricht können sich die Kollegen aus der Politik kümmern. In dieser Kolumne gilt seit nunmehr fast vier Jahren das Motto: Für Politik ist auch morgen noch Zeit. Obwohl: Gleich nach dem Verlassen des Bahnhofs tat Rudi einiges für die deutsch-holländische Freundschaft. Für die Verständigung von holländischen und deutschen Hunden. Jeder *Hondje* wurde aufs freundlichste begrüßt. Im Gegensatz zu mir hatte Rudi null Verständigungsprobleme.

Ich glaube, es ist ihm sowieso egal, ob wir in der Heimat oder in der Fremde vor die Tür gehen. Er geht ja nicht raus, um frische Luft zu schnappen, im Gegenteil. Selbst im Frühling muss ein Hauch von Bahnhofsklo in der Luft liegen. Ein paar Urlaubstage in den Alpen wären für Rudi so erholsam wie für mich ein Urlaub auf der Müllkippe.

Maastricht war ganz nach seinem Geschmack. Die Maas riecht nicht wie ein Bergsee und in den Restaurants wird viel Frittiertes serviert. So hatte seine Nase nie eine Pause. Nach einem Spaziergang durch vor sich hin faulendes Laub in Gassen mit vielen, wohl hochinteressanten Spuren konnte er unter dem Restauranttisch liegen und den Aromen von allerlei Frittiertem hinterherschnüffeln. Allerlei Gerüche, die ihn noch im Traum verfolgten. Rudi genoss unser Maastricht-Wochenende also bei Tag und Nacht gleichermaßen.

Keine Frage, auf seinem heimischen Schlaffell schläft er am liebsten. Hotelzimmer haben allerdings den Vorteil, dass er bei mir im Bett schlafen darf. Auf diese Ausnahmeregel haben wir uns vor einiger Zeit verständigt. Nicht weil das Zimmermädchen die Bettwäsche wechseln muss. Nein, in der Fremde soll sich mein Freund nachts geborgen fühlen. Und besonders geborgen fühlt er sich nun mal neben mir. Was soll ich machen?

Zurück in den eigenen vier Wänden ist Rudi am ersten Abend immer ein bisschen verwirrt: Komme ich vom Zähneputzen aus dem Bad, liegt er bereits in meinem Bett. Allerdings erkennt er ziemlich sofort an meinem Blick, dass wir nicht mehr in der Fremde weilen. Also raus, Rudi!

Und solange keine Alpenluft in der Wohnung liegt, fügt sich Rudi seinem Schicksal.

Schnee von gestern

In der Hitparade der beliebtesten Behauptungen steht folgende Behauptung ganz oben: Früher war alles besser. Wann war früher? Wie alt muss man sein, um das sagen zu können? Hmm. Ich denke, so etwa vor fünfundsechzig Millionen Jahren. Damals, wir erinnern uns, kam die Eiszeit. Und die Dinosaurier konnten einpacken. Die Dinosaurier hätten also stöhnen können, früher sei alles besser gewesen. Aber wir?

Die Eiszeit ist Schnee von gestern, aber die Früher-war-alles-besser-These wird wohl nie aussterben. Obwohl sie Stuss ist.

Denn früher war so gut wie nichts besser. Nehmen wir nur zwei Dinge, die uns früher wie heute wichtig sind, nämlich Essen und Geld. Für ein Kilo Schweinekotelett musste man 1961 zweieinhalb Stunden arbeiten, 1991 waren es nur noch sechsunddreißig Minuten, heute sind es dreißig Minuten. Und weil es so schön ist, bleiben wir beim Essen. Früher gab es nur harte Butter, eingepackt in Silber- oder Goldpapier. Heute können wir uns streichfeste Butter aufs Brot schmieren. Gesalzene Butter, ungesalzene Butter, Butter von dänischen Kühen, von deutschen oder irischen.

Für Rudi kann Butter auch ranzig sein. Hauptsache es liegt eine Scheibe Wurst auf dem Butterbrot. Alles, was nach Fleisch schmeckt, ist sein Lieblingsgericht. Schon seine Ururuahnen waren der Fleischeslust verfallen. Und Rudi will nicht der erste Hund sein, der mit dieser Tradition bricht. Früher war für Rudi nicht alles besser, früher war für ihn alles gut. Und wenn es um sein Fressen geht, geht für ihn nichts über gut.

Dass moderne Menschen jetzt darüber nachdenken, ihren Hund vegetarisch zu ernähren, ist uns egal, um nicht zu sagen, wurst. Modern sein ist so anstrengend. Wenn ich Rudi kein Fleisch mehr gebe, woher bekommt er dann die nötigen Proteine und Aminosäuren? Aus Erbsen und Linsen? Wie viel Erbsen sind denn fünfhundert Gramm Hühnerhälse-Pansen-Rindfleisch-Mix? Sie sehen, wie anstrengend es ist, modern zu sein. Das war früher nicht leichter. Und ehrlich gesagt: Modern ist so altmodisch.

Was also tun? Einfach nicht mehr jeder Sau, die durchs Dorf gejagt wird, hinterherlaufen. Die gute alte Zeit ist doch nicht gut, sie ist nur alt. Das war schon immer so.

Vor Rudi sind alle Hunde gleich

Viele Menschen neigen ja dazu, sich angesichts von Stars kleiner zu machen, als sie eigentlich sind. Bei einer Begegnung ziehen sie innerlich den Hut und lauschen den Gedanken des Stars; wie banal die auch immer sein mögen. Die Frage, die mir nun durch den hohlen Kopf schießt, lautet: Wie reagiert Rudi auf Hunderassen, denen die tollsten Talente nachgesagt werden?

Bernhardiner sind berühmt dafür, Lawinenopfer mit einem Fässchen Rum wiederzubeleben. Vielleicht riecht diese Rasse von Geburt an nach Lebensretter. Kann doch sein! Meine Nase ist längst nicht so sensibel wie die eines Hundes! Es würde mich also nicht wundern, könnte Rudi besondere natürliche Fähigkeiten am Geruch erkennen. Während Rudi, der kleine Cockerpoo, Bällen hinterherjagt, sind die Tage von Star-Hunden erfüllt mit wichtigen Arbeiten im Dienste der Menschheit. Und so riechen Huskys, Schäferhunde und Bernhardiner dann auch: nach Freiheit und Abenteuer!

Sollte das tatsächlich der Fall sein, dann ist es Rudi total egal. Ob superschlauer Collie, mutiger Schäferhund, unerschütterliche Bulldogge – vor Rudi sind alle Hunde gleich. Sogar Afghanische Windhunde.

Tierexperten haben herausgefunden, dass Afghanische Windhunde die dümmsten Hunde der Welt sind. Dass sie so blöd gucken können wie Rudi, wenn ein anderer Hund mit seinem Ball abhaut, bezweifle ich. Rudis größtes Talent ist Friedfertigkeit bis zur Selbstverleugnung. Ob mit Stammbaum oder Migrationshintergrund spielt dabei keine Rolle.

Ich hingegen kann nicht mal Doggen ernst nehmen, die

»Schnitzel« heißen. Ich bin halt überheblicher, als jeder Weimaraner gucken kann. Dabei bilden sich Weimaraner nichts auf ihre Model-Schönheit ein. Sie sind, auch das ist wissenschaftlich belegt, vorzügliche Therapiehunde. Ich kann mir kein Heidi-Klum-Supermodel in einem Pflegeberuf vorstellen. Im Dschungelcamp schon.

Da haben Sie den Beweis. Ich tue etwas, was Rudi nie tun würde, nämlich hochmütig über Wesen urteilen, die ich nur aus der Ferne kenne. Bei Rudi hat jeder Hund eine Chance. Nur wenn er irgendwie langweilig riecht, lässt Rudi ihn stehen.

Ach, alter Kumpel. Bei den Dingen, auf die es im Leben wirklich ankommt, sollte ich mir deinen Charakter zum Vorbild nehmen. Und nicht den von Til Schweiger.

Rudi sieht mit dem Herzen

An ganz schön vielen Tagen im Jahr kann ich mich selbst nicht leiden. Das ist einerseits traurig, andererseits verständlich. Ich rede nicht viel, stehe in Gesellschaft am liebsten dumm herum, halte mir, wann immer es geht, die Realität vom Leib. Ohne Zynismus ist diese Welt doch nicht mehr zu ertragen. Trotzdem gehe ich so ziemlich jeden Morgen mit dem Vorsatz aus dem Haus, die Menschen zu lieben. Doch bis zum Mittag werde ich so oft enttäuscht, dass ich abends denke: Mann, ist es schwer, Menschen nicht zu hassen. Und ich fürchte, das sieht man mir an.

Und deshalb verstehe ich Rudi auch nicht. Der kleine Kerl findet mich nämlich rundum okay. Das bilde ich mir nicht ein, das weiß ich. Rudi scheint irgendwas in mir zu sehen, was ihm gefällt. Nein, damit meine ich nicht, dass er meine Fähigkeit bewundert, die Kühlschranktür zu öffnen. Rudi, der wie jeder Hund Gesichter besser lesen kann als der sensibelste Mensch, schreckt meine Griesgramfresse nicht ab. Es klingt verdammt feierlich und aufgesetzt, aber es ist so: Rudi sieht mit dem Herzen. Anders kann ich mir seine unerschütterliche Zuneigung nicht erklären. Dabei ist Rudis Herz nicht blauäugig, o nein. Er lässt Menschen seine Abneigung spüren. Und es erstaunt mich immer wieder: Wen Rudi ablehnt, den lehne auch ich ab. Was jetzt nicht heißt, dass ich jeden mag, den Rudi mag. So weit geht unsere in den letzten vier Jahren gewachsene Gleichgesinntheit nun doch nicht. Rudi ist eben doch harmoniesüchtiger als ich.

Seit Rudi neben mir läuft, stehe ich nicht mehr so oft neben mir. Und die Leute denken nicht mehr ganz so schwarz über mich. Wenn ein Hund wie Rudi diese zynische Griesgramfresse erträgt, kann der Typ nicht so böse sein, wie er aussieht. Nun, ich kann nicht behaupten, dass diese Leute recht haben. Aber ganz falsch liegen sie auch nicht. Und natürlich würde nie ein Mensch auf den Umkehrschluss kommen, ungenießbarer Hundehalter ist gleich unsympathischer Hund. Beim Vergleich Herr und Hund schneidet der Hund so gut wie immer besser ab. So ungenießbar wie ein Mensch kann ein Hund nie sein. Und wenn doch, hat der Mensch was falsch gemacht. Ich sehe das genauso, selbst wenn man das meiner Griesgramfresse nicht ansieht.

Und vielleicht spürt Rudi ja, dass mir Hunde lieber sind als Menschen. Pinguine, Igel und Koalas übrigens auch.

Rudi kann Trübsal wegblasen

Es gibt so Tage, da schafft man es nicht, sich selbst auf andere Gedanken zu bringen. Wohin man schaut und denkt: wischlappengraue Regenwolken. An solchen Tagen kann Alkohol helfen. Oder eine Bettdecke, unter die man sich verkriechen kann, bis irgendjemand die Trübsal wegbläst. Allein schafft man es ja nicht. Mein Trübsalwegbläser ist Rudi. Da er nicht sprechen kann, kann er auch nicht sagen: »Kopf hoch, wird schon.« Das hilft schon mal. Sehr tröstlich ist auch, dass mir Rudi mit seinen Vorderpfoten nicht aufmunternd auf die Schulter hauen kann. Schulterklopfen mag gutgemeint sein, geholfen hat's mir noch nie. Rudi weiß, was mir in diesen grauen Stunden hilft.

Er stöhnt mit mir mit; er legt sich auf die Couch, atmet tief ein und aus. Puh. Dann schaut er zu mir rüber, den Kopf auf seinen Vorderpfoten gebettet, die Augenlider auf Halbmast. Rudi, der traurige Clown. Ein Anblick, der bei mir immer wirkt. Je länger mich der traurige Clown anguckt, desto mehr schwindet mein Selbstmitleid. Ein, zwei, drei Whiskys schaffen das nicht. Im Gegenteil: Mit jedem Glas Alkohol fühlt sich das Selbstmitleid wohler. Puh, um mit Rudi zu stöhnen.

Und nachdem ich lange genug in Rudis traurige Clownsaugen geschaut habe, fange ich an, ihn zu trösten. »Komm, alter Junge«, sage ich und setze mich neben ihn, »komm, alter Junge, auch die dunklen Stunden haben nur sechzig Minuten.« Dabei kraule ich sein Fell und knete, das hat er besonders gern, seine Schlappohren. Dass das Streicheln von Hunden die Nerven beruhigt und den Blutdruck senkt, ist wissenschaftlich erwiesen. Wie auch immer: Der traurige Clown neben mir wird munterer – und auch ich bin besser drauf. Noch nicht wirklich gut, aber besser. Und immerhin so gut, dass ich zu Rudi sage: »Nun lass dich nicht so hängen, du Sack! Lass uns rausgehen, ich kenne da eine hübsche Trauerweide, die du markieren kannst.« Rudi, weiß nicht, was ich mit Trauerweide meine, aber an meiner Stimme erkennt er, dass ich auf andere Gedanken gekommen bin. Er hüpft von der Couch, streckt sich herzhaft, schüttelt sich den traurigen Clown aus seinem neuneinhalb Kilo schweren Körper. Warum ich jetzt Rudis Gewicht erwähne? Nur so, ist doch ein schöner Gedanke, dass Rudi nicht an Übergewicht leidet.

Wir machen uns also fertig. Ein feiner Nieselregen empfängt uns vor der Haustür. Na und?

Ein Traumprinz für immer

Würden mich die attraktiven Damen so anlächeln, wie sie Rudi anlächeln, liebe Leserinnen und Leser, ich würde die Bodenhaftung verlieren. Andererseits bin ich verheiratet und habe im Laufe meiner Ehe das Flirten verlernt. Ist das traurig? Nicht für mich, und schon gar nicht für die Frauen. Denke ich. Denn ich kenne keine Partnerschaft, in welcher der Traumprinz immer der Traumprinz geblieben ist und die Zauberfee immer die Zauberfee. Nein, irgendwann wird aus dem Traumprinzen der Typ, der seine Socken herumliegen lässt und die Spülmaschine nicht richtig einräumen kann. Und die Zauberfee wird zur Frau, die kopfschüttelnd nörgelnd Socken aufhebt. Paare, die von sich behaupten, sie seien noch so verliebt wie am ersten Tag, sind mir unheimlich.

Bei Rudi und mir ist das natürlich etwas anderes. Wir lieben und respektieren uns seit nunmehr vier Jahren. Er ist der erste Partner in meinem Leben, der sich freut, wenn ich Socken herumliegen lasse, und wie er sich freut! Ob ich Sport betreibe, interessiert ihn nicht. Er zählt nicht die Feierabendbierchen, die ich trinke. Ich muss ihm nicht sagen, wie es mir geht und woran ich gerade denke – das spürt er irgendwie, da entwickelt sich Rudi, der geborene Cockerpoo, zum hochsensiblen Spürhund. Kurzum: Rudi und ich leben in einer Partnerschaft, in der die Sonne nicht untergeht. Was nicht heißt, dass wir niemanden an uns heranlassen. Klar, wer allein ist, hat mehr von sich. Aber zum Leben gehört es nun mal, genervt zu sein.

Und von niemandem lassen wir uns lieber nerven als von der Frau, die uns zu Hause zur Ordnung ruft. Die Frau, die Rudi mit seinem blutigen Markknochen in den Garten schickt, um den Teppich zu schonen. Die Frau, die nicht müde wird, mir Tipps fürs Einräumen der Spülmaschine zu geben; und zum Leben überhaupt. Wäre eine Partnerschaft eine ewige Quelle ungetrübten Glücks, mein Gott, wäre das ein langweiliges Vergnügen. Jeder Mensch ist komplizierter als ein Hund; selbst der nervöseste Pudel kann im Umgang nicht so heikel sein wie ein Mensch. Und das ist mehr als okay so.

Deshalb kann die Partnerschaft von Mensch und Hund noch so harmonisch verlaufen – richtig zu schätzen lernt man sie erst, wenn man ab und zu ein bisschen von Menschen genervt wird.

Auch morgen geht es weiter

Was sich über das Leben sicher sagen lässt, ist Folgendes: Auch morgen geht es weiter. Und glücklich derjenige, der sich dann an etwas Schönes erinnern kann. Denn ich bin sicher: Der Sinn des Lebens ist, Bilder und Momente zu sammeln, an die man sich erinnern kann, wenn die Schlaflosigkeit quält. Oder wenn eines fernen Tages der ganz lange Schlaf kommt. Dann können schöne Erinnerungsbilder im Kopf helfen. Glaube ich. So viel zum Sinn des Lebens.

Nun zu Rudi und der, wie ich fand, lebensbedrohlichen Geschwulst an seiner linken Vorderpfote. Der schwarze Knubbel fiel mir auf, als ich Rudi wie jeden Morgen bürstete. Diese Prozedur gefällt ihm doppelt gut. Erstens bekommt er danach ein Leckerli. Zweitens scheint das Bürsten für ihn sehr angenehm und entspannend zu sein, so wie für mich eine Massage nach drei Saunagängen. Ganz selten, wirklich ganz selten, bürste ich nicht vorsichtig genug, dann zirpt es ein wenig. Aber sensibel wie Rudi ist, quiekt er dann los wie ein Ferkel. Deshalb habe ich die Geschwulst an seiner Vorderpfote auch nur angesehen, nicht angefasst. Im Laufe des Tages beobachtete ich Rudis Bewegungen sehr, sehr genau. Was heißt beobachten? Ich ließ ihn kaum noch aus den Augen und malte mir die Zukunft in den dunkelsten Farben aus. Der Gedanke, dass mein Leben aus Katastrophen besteht, die nie eintreffen, konnte mich nicht beruhigen. Im Gegenteil: Ich befürchtete Schlimmes und immer Schlimmeres. Schließlich wäre ich schon froh gewesen, hätte der Tierarzt die Pfote amputieren müssen. Ein dreibeiniger Rudi ist mir immer noch lieber als ein Rudi, dem für den Weg in den Hundehimmel Flügel wachsen.

Dann, zu seiner Abendbrotzeit, also um 19.30 Uhr, hielt ich die Spannung und Ungewissheit nicht mehr aus. Ich hockte mich zu Rudi, nahm vorsichtig seine linke Vorderpfote und schaute die schwarze Geschwulst nicht nur an. Ich berührte sie auch! Sie war weder hart noch weich und gab auf Druck nach. Ich bewegte sie hin und her, und der superempfindliche Rudi machte was? Er machte keinen Mucks! Also zog ich etwas härter daran. Mit einem langen Faden versuchte sie, an der Pfote kleben zu bleiben. Diese Hartnäckigkeit kannte ich bisher nur von Kaugummis an der Schuhsohle. Und tatsächlich: Die lebensbedrohliche Geschwulst erwies sich als ekliger Kaugummi!

An diese Erleichterung werde ich mich irgendwann gern erinnern.

Rudi kann schon Sätze sprechen

Alle paar Tage treffen wir ein nettes Kerlchen in Rudis Alter, also um die vier Jahre. Doch anders als Rudi hat dieser Vierjährige noch keinen Schritt ohne Leine getan. Noch nie. Zu Hause, sagen seine Besitzer, dürfe sich ihr kleiner Kalle natürlich frei bewegen. Draußen nicht. Nie. Selbst in Parks, wo Autos nur zu erwarten sind, wenn ein Mensch Amok fährt, selbst da nicht. Kalles Besitzer gehören nicht zu den Leuten, die die Leinenpflicht zu hundert Prozent erfüllen wollen. Nein, es sind sympathische Menschen. Sie haben nur Angst, dass ihr Kalle sofort auf Nimmerwiedersehen verschwindet, sobald er von der Leine gelassen wird. Ausprobiert haben sie es noch nie. Die Angst ist einfach zu groß.

Kalle genießt trotzdem alle Freiheiten, er kann mit Leine fast genauso schnell rennen wie Hunde ohne Leine. Seine Besitzer laufen nämlich kreuz und quer mit ihm mit. Was dazu führt, dass irgendwann auch seine Besitzer hecheln, entweder die Frau oder der Mann. Sie wechseln sich bei der Verfolgungsjagd ab. Klar, solange sie mit Kalle Gassi laufen können, brauchen sie kein Fitnessstudio. Trotzdem: Mir sind diese Treffen immer ein bisschen unangenehm. Ich fühle mich dann wie ein Vater, dessen Kleinkind schon Sätze sprechen kann, während die Gleichaltrigen nur brabbeln. Und ich fürchte, Kalles Besitzer fühlen sich in unserer Gegenwart auch nicht wirklich wohl.

Ich lasse ihnen gegenüber natürlich nicht den stolzen Halter raushängen, dessen Hund weiß, wie weit er ohne Leine gehen kann. Ätsch! Aber wirklich ernst nehmen kann ich die übertriebene Fürsorge nicht. Was wäre, wenn Kalle kein vierjähriger Yorkshire Terrier wäre, sondern ein vierjähriges Kind? Dürfte es dann auf dem Spielplatz nicht auf die Schaukel, da zu gefährlich? Würden sie es auch mit achtzehn noch zur Schule bringen? Säßen seine Eltern bei seinem Date neben ihm auf der Bank?

Ich weiß, ich übertreibe. Aber Kalles Besitzer ja wohl auch, finden Sie nicht? Vielleicht gibt es ja ein Leben ohne Risiko. Aber wer bitte möchte das führen? Wenn ich nur daran denke, heute Nacht wieder ins Bett zu müssen, wird mir ganz schwummrig. Einschlafen ist Gott sei Dank nicht das Problem. Aber wer garantiert mir, dass ich nicht den Wecker überhöre? Und dann zur Arbeit hetzen muss. Was da alles passieren kann!

Stopp, Moment, ich kann ja gar nicht hetzen. Rudi passt schon auf, dass wir nicht vor lauter Eile einen interessanten Geruch verpassen.

Das Warten auf das Zauberwort

Rudi ist so schlau, dass er sich dumm stellen kann. Das hat er von mir gelernt. Wie oft mir meine Frau schon das korrekte Einräumen der Geschirrspülmaschine erklärt hat! Doch je tiefer und breiter ihre Erläuterungen wurden, desto tauber wurde ich. Ich hörte sie, aber ich wollte sie nicht verstehen. Schließlich gab sie auf, die Gute. Ich stand zwar dumm da, hatte aber mit dem Einräumen der Geschirrspülmaschine fortan nichts mehr zu tun. Ob sich alle Männer bei der täglichen Hausarbeit extra dumm stellen, oder ob sie tatsächlich nicht kapieren, wie beispielsweise eine Geschirrspülmaschine korrekt einzuräumen ist, kann ich nicht sagen. Aber ich bin sicher: Rudi hat von mir gelernt, dass es oft von Vorteil ist, sich dumm zu stellen. Und das praktiziert er täglich. Mehrmals.

Wann immer Rudi in den Garten will, stellt er sich vor die Terrassentür und stiert sie so lange an, bis einer seiner Rudelführer sagt: »Ich glaube, Rudi will raus. Vielleicht muss er ja mal.« Dann schiebt einer seiner Rudelführer die Tür auf und Rudi trottet raus. Müssen muss er selten. Nein, Rudi geht raus und legt sich auf die winterkalte Terrasse. Wie lange er die Kälte ertragen kann, haben wir noch nie ausprobiert. Nach spätestens zehn, zwölf Minuten können wir uns nicht mehr vorstellen, dass Rudi der winterkalte Terrassenboden guttut. Also öffnen wir die Tür einen Spalt und bitten Rudi hereinzukommen. Die kalte Luft strömt durch den Türspalt in die Wohnung. Rudi stiert von draußen die Tür an. Die Bitten seiner Rudelführer werden lauter. Rudi stellt seine Schlappohren auf Durchzug. »Reinkommen? Ich? Was meint ihr damit? Ob ihr es glaubt oder nicht, mir ist gerade die Bedeutung des Wortes ›reinkommen‹ entfallen.« So steht Rudi da. Und stellt sich dumm. Und schließlich kommt er. Nein, nicht Rudi herein. Es kommt dieser Blick, der uns fragt: »Na? Wie heißt das Zauberwort?«

Das Zauberwort heißt »husch, husch«. Und Rudi weiß, dass einer seiner Rudelführer das Zauberwort sagen wird. Eher früher als später. Denn in der Wohnung wird es kalt und kälter und seine Rudelführer bringen es nicht übers Herz, ihn in der dunklen Winterkälte stehen zu lassen. Also gut, Rudi, du hast gewonnen. »Husch, husch!« Er hört das Zauberwort, kommt angeschossen, springt durch den schmalen Türspalt, hin zu seinem Körbchen, wo er sofort gespannt bis zur Nasenspitze auf ein Leckerli wartet.

Und was lernen wir daraus? Kluge können sich dumm stellen. Andersrum wird's schwierig.

Rudi fühlt den Feierabend

Für Rudis Ausgeglichenheit, seine seelische Robustheit und massive Zuversicht gibt es einen Grund: Rudi hat kein Zeitgefühl. Also hat er auch keine Ahnung von der Endlichkeit des Seins. Er weiß nur, wenn ich meinen rechten Wurfhandschuh ausziehe, das rote Plastiktütchen aus der Tasche ziehe, um seinen mit Sabber, Erde und Gras verklebten Ball hineinzustecken, in diesem Moment also, der immer nach circa einer Stunde Balljagd kommt, weiß er, dass das Spiel für heute beendet ist. Und das ist für Rudi immer wie ein endgültiger Abschied von den Freuden seines Daseins. Denn, wie gesagt, Rudi hat kein Zeitgefühl. Er ahnt also nicht, dass morgen ein neuer Tag kommt und mit ihm eine neue Ballspielstunde.

Vielleicht verwundert Sie es genauso wie mich, liebe Leserinnen und Leser, dass es bisher keinen wissenschaftlichen Beweis dafür gibt, dass morgen früh die Sonne wieder aufgeht. Wir Menschen gehen nur davon aus, weil die Sonne uns in diesem Punkt noch nie enttäuscht hat. Das habe ich nicht gewusst. Aber ich weiß ja nicht mal, wie Frauen ticken. Doch immerhin halte ich es jetzt für möglich, dass Rudi mit seinem Unwissen bezüglich der Zeit nicht so falsch liegt. Er kann die Zeit fühlen und zwar besser als Leute, die seit neuestem die Zeit fühlen. »Eine gefühlte Stunde musste ich auf den Handwerker warten«, sagen sie. Dabei ist die Zeit doch eine Einheit, die man misst und nicht fühlt. Es sei denn, man ist ein Hund.

Rudi hat es nicht im Gefühl, wenn ich ihm sage, ich sei gleich wieder da. Aber sobald der kleine Zeiger einer Uhr auf die sechs zeigt und der große auf die zwölf, fühlt Rudi, dass jetzt endlich der Augenblick gekommen ist, an dem ich den Computer ausschalte. Mal macht er sich schon um fünf vor sechs bereit, mir auf den Schoß zu springen, mal erst fünf Minuten nach sechs. Aber größer ist seine gefühlte Zeitspanne selten.

Vor Supermärkten versagt sein Zeitgefühl aber regelmäßig. So kurz kann ich gar nicht wegbleiben, freut er sich über unser Wiedersehen, als käme ich gesund von einer wochenlangen Arktis-Expedition zurück. Bisher konnte mir dieses Phänomen noch kein Hundeexperte erklären, jedenfalls nicht so, dass ich es verstanden hätte. Aber muss ich das überhaupt verstehen? Morgen geht die Sonne wieder auf und Frauen ticken anders als Männer. Und solange sich Rudi auf den Feierabend freuen kann, ist die Welt sowieso in Ordnung.

Sind Frauen reinlichere Wesen als Männer?

Meine weibliche Seite ist rot. Sie ist exakt achtundzwanzig Zentimeter lang und sechzehn Zentimeter breit. Jeden Morgen, bevor Rudi und ich das Haus verlassen, stecke ich zwei meiner weiblichen Seiten in die Tasche. Jetzt werden Sie sich wahrscheinlich fragen, was Kotbeutel mit meiner weiblichen Seite zu tun haben. Die Antwort auf diese Geschlechterfrage liefern die Soziologen. Die haben nämlich herausgefunden, dass mehr Frauen als Männer die Haufen ihres Hundes aufheben. Nicht, weil mehr Frauen als Männer einen Hund besitzen. Sondern weil, äh, hmm … ja, warum eigentlich?

Weil Frauen reinlichere Wesen sind als Männer? Weil Männer wirklich schon genug um die Ohren haben und sich nicht um jeden Dreck kümmern können? Für welche Antwort man sich auch entscheidet: Es wird Ärger geben, mit der einen oder anderen Seite. Und deswegen verlasse ich jetzt schleunigst dieses Minenfeld der Geschlechter und antworte auf die Frage, warum ich Rudis Haufen so gut wie immer eintüte, so: Weil ich schon zu oft in Hundescheiße getreten bin! Ich sage ganz bewusst Hundescheiße, denn ich will in diesem Fall nicht um den heißen Brei herumreden. Da fällt mir ein: Machen auch die Besitzer von Kampfhunden die Haufen ihres Lieblings weg? Das weiß ich ehrlich gesagt nicht. Denn wann immer ich einen Kampfhund in dieser speziellen gekrümmten Haltung sehe, gucke ich weg. Wie sich Kampfhunde aufführen, wenn sie sich durch Blicke in ihrer Intimsphäre gestört fühlen, möchte ich so genau nicht wissen.

Auf meiner roten, achtundzwanzig mal sechzehn Zentimeter großen weiblichen Seite steht jedenfalls »Fit + Fun«. Dass das Aufheben von Hundehaufen fit hält, nun, das mag sein. Aber was bitte soll am Hundehaufenaufheben Spaß machen? »Fit + nötig« fände ich da passender. Denn erstens ist das Aufheben und Eintüten von Hundehaufen schon seiner Mitmenschen zuliebe nötig. Und zweitens hat nötig auch etwas mit Notdurft zu tun.

Dass der Produzent der Kotbeutel neun Übersetzungen für Kotbeutel auf die Tütchen schreibt, das ist vielleicht nicht unbedingt nötig. Aber supernett für Hund und Halter. So kann der Besitzer die Übersetzungen lesen, während sein gebeugter Hund ungestört von Blicken sein Geschäft verrichten kann. Am besten gefällt mir übrigens das dänische Wort für Kotbeutel: *Høm høm poser*. Klingt niedlich, nicht wahr. Aber nicht nur.

Plötzlich wird der Begriff »Klugscheißer« mit ganz neuem Inhalt gefüllt.

Wer die Leine hat, hat recht

Eine der beliebtesten (aber auch sinnlosesten) Fragen lautet: Was wäre, wenn? Was zum Beispiel wäre, wenn das Zusammenleben von Hund und Mensch andersherum gehen würde? Also Hunde würden uns zu essen geben, und wir müssten ihnen gefallen. Wie könnte das aussehen?

Etwa so: Wir müssten immer und sofort angerannt kommen, sobald unser Ernährer pfeift, egal was wir gerade zu tun haben. Wir müssten uns, um stressfrei in den Tag zu starten, morgens bürsten und den Schlaf aus den Augen wischen lassen, obwohl wir lieber gemütlich unter der Couch weiterdösen würden. Wir müssten demjenigen, der am oberen Ende der Leine zieht, folgen. Auch wenn seine Schritte schneller und größer werden und wir deshalb an keiner interessanten Stelle mehr verweilen können. Andersherum hieße natürlich auch: Wir müssten lernen, dass der Leinenhalter uns nach Belieben durch die Gegend ziehen darf. Weil er uns ja zu essen gibt. Und wer den Schlüssel zur Speisekammer hat, hat immer recht (auch wenn er falsch liegt). So benimmt man sich doch nicht gegenüber Abhängigen, du Hund! Und kaum bemerkt er, dass wir ein paar Gramm zugelegt haben, werden die sowieso zu knapp bemessenen Zwischendurch-Snacks gestrichen. Hallo? Was können wir denn dafür, dass ihr unseren süßen Blicken nicht widerstehen könnt? Erst wird unser Schmachtblick herzlich registriert und mit einem Scheibchen Wurst belohnt. Und sind wir ein paar Gramm süßer, werden wir mit Nahrungsentzug bestraft. Das ist nicht fair. Aber bitte, was können wir schon anderes tun, als uns stumm unserem Schicksal zu fügen.

Am schlimmsten an diesem Andersherum-Leben fände ich die fremden Leute. Wir müssten ihnen freundlich begegnen, auch wenn uns zum Knurren zumute wäre. Wir müssten uns tätscheln und streicheln lassen. Von diesen fremden Händen! Wer weiß denn, was die vorher angefasst haben?! Und dann ihr gekreischtes »Süüüß!«. Überhaupt diese Babysprache von Fremden, dieses »Ja-du-bist-aber-ein-ganz-Hübscher«! Grässlich! Normal wäre es in dieser Situation, aus der Haut zu fahren. Dürfen wir aber nicht. Weil wir dazu erzogen wurden, stets gute Miene zum bösen Spiel zu machen. Aber wehe, ein fremder Mensch versucht in unsere Wohnung einzubrechen. Dann müssen wir Alarm schlagen! Und fletschend und knurrend das Heim verteidigen.

Liebe Leserinnen und Leser, Sie merken, wohin die Reise geht. Bevor Sie und ich das nächste Mal »Ach ja, Hund müsste man sein« seufzen, denken wir daran, was dieses Wesen jeden Tag über sich ergehen lassen muss.

Rudi, die flauschige Bodenrakete

Es war der erste Tag in diesem Jahr, an dem man hören konnte, dass die Sonne schien. Die Sonne scheinen hören? Aber sicher! Man muss sich nur mal in einem Straßencafé umhören. Irgendwo wird eine Frau sitzen, die ihr Gesicht der Sonne entgegenstreckt und mit geschlossenen Augen verzückt sagt: »Herrlich! Heeerrlich!« Und dieses »Heeerrlich« erklingt jetzt überall, wo sich Frauen in der Frühlingssonne niederlassen. Man muss nur mit offenen Ohren durch die Welt gehen.

Rudi und ich hörten das Sonnenanfangswort am 4. April im Berliner Tiergarten. Für Rudi war es der Startschuss, die Freibadsaison zu eröffnen. Es war genau 10.56 Uhr, als wir zu dem Weg kamen, der zu einem Teich führt. Im Herbst und im Winter schnüffelt sich Rudi durchs Gestrüpp am Wegesrand. Aber heute fing das Wetter wohl wieder an, heeerrlich zu werden. Rudi lässt die Büsche links und rechts liegen und schießt unbeirrbar geradeaus. Ich trotte hinterher und lache in mich hinein. Denn so wie Rudi auf den Teich zurennt, sieht er aus wie eine flauschige Bodenrakete. Diese Zielstrebigkeit fehlt mir leider. Beeilen muss ich mich nicht, ich weiß ja aus Erfahrung, was mich am Teich erwartet. Nämlich ein Rudi, der auf dem schmalen Holzsteg sitzt, als hätte er Gips in den Adern. Regungslos starrt er in die Richtung, aus der ich kommen muss. Zwei, drei Minuten muss er in dieser Haltung verharren. Biege ich dann um die Ecke, fängt Rudi an zu tanzen und zu singen. Er dreht sich fiepend im Kreis. Bemerkt er aber den Stock in meiner Hand, fährt blitzartig wieder die Konzentration in seinen Körper. Er starrt dann auf den Teich, als wolle er ihn hypnotisieren.

»Bist du bereit?«, flüstere ich. Keine Regung. Ich hole aus, der Stock pfeift durch die Luft und macht nach zehn, fünfzehn Minuten »platsch«. Keine halbe Sekunde später fliegt Rudi los. Er hat ja keine Zeit zu verlieren, denn dümpelt der Stock erst mal auf der Wasseroberfläche, kann ihn Rudi nicht mehr als etwas erkennen, das er vorm Ertrinken retten muss. Ruht der Stock schließlich so still wie der Teich, ist er verloren. Rudi dreht noch ein paar Runden um den für ihn unsichtbaren Stock, meine Rufe und Anweisungen bringen ihm nichts. Schnaufend macht er sich auf den Rückweg. Es passiert nicht oft, dass Rudi den Stock nicht retten kann. Aber für den Notfall halte ich ein Ersatzstöckchen bereit.

Klar, dieses heeerrliche Wetter müssen wir doch ausnutzen.

Ein halbes Würstchen für jeden

Meinungsforscher haben ermittelt: Durchschnittlich hundertzwei Minuten sprechen Paare in Deutschland täglich miteinander. Unverheiratete kommen auf hundertvierzehn Minuten, bei Eheleuten ist schon nach dreiundneunzig Minuten alles gesagt. Hmm. Ist das viel, ist das wenig? Und wie viele Minuten sprechen Paare am Tag aneinander vorbei? Auf eins können sich Unverheiratete heute schon gefasst machen: Je länger sie verheiratet sind, desto häufiger werden sie übers Abnehmen reden. Denn Frauen fühlen sich sowieso immer zu dick. Und fangen irgendwann an, den Bauch ihres Mannes kritischer zu sehen. Fand sie ihn vor der Ehe noch gemütlich, wird er von Ehejahr zu Ehejahr immer mehr zum Krisenherd. Lebt ein Hund im Haushalt, heißt es irgendwann: »Nein, kein Leckerli mehr. Oder willst du aussehen wie dein Herrchen?«

Könnte Rudi auf die Frage antworten, wüsste ich genau, was er sagen würde. Schließlich sind wir Kumpel. Aber Frauchen hat natürlich recht. Rudi wiegt seit geraumer Zeit um die zehn Kilo; würde er auch nur ein Kilo zunehmen, wäre das so, als würde sein Achtzig-Kilo-Herrchen achtundachtzig Kilo wiegen. Das geht auf die Gelenke, auf die Hüfte, auf die Pumpe. Das ist ungesund, das sehe ich ein. Was ich aber auch sehe, ist, dass Rudi nicht dicker geworden ist. Es kommt zu folgendem Dialog:

Sie: »Rudi hat zugenommen.«

Ich: »Ach was. Das ist sein Fell, der muss demnächst mal wieder zum Friseur.«

Sie: »Das sieht man doch, dass er zugenommen hat.«

Ich: »Quatsch, das siehst nur du so.«

Sie: »Dir würde übrigens eine Feierabendbier-Pause auch ganz gut bekommen, wenn ich das mal sagen darf.«

Ich: »Ich bin demnächst mit Rudi sowieso beim Tierarzt, wegen der jährlichen Impfung. Dann wird er gewogen, dann werden wir ja sehen …«

Und schon, liebe Hundefreunde, hatten wir rund zehn Minuten unserer gemeinsamen Sprechzeit von täglich dreiundneunzig Minuten verbraucht. Klar, dass Rudi an diesem Abend kein Leckerli mehr bekommen hat. Denn in einer guten Ehe muss einer das letzte Wort haben. Besser gesagt: eine.

Ein paar Tage später stand Rudi auf der Digitalwaage beim Tierarzt. Seit unserem letzten Besuch hatte er kein Gramm zugenommen.

Weil er die Spritzen ziemlich klaglos ertragen und die Wurmtablette ziemlich rasch geschluckt hatte, gab's zur Belohnung eine halbe Wiener für mich. Und die andere Hälfte für ihn.

Rudi würde mir niemals weh tun

Umgerechnet in Menschenjahren ist mein Cockerpoo jetzt achtundzwanzig Jahre alt; er ist also in einem Alter, in dem ein junger Mann rausgeht, um sich die Hörner abzustoßen. Daraus wird in Rudis Leben nichts mehr, denn er musste kastriert werden. Aus medizinischen Gründen, liebe Hundefreunde, nicht weil ich meine Ruhe haben wollte.

Ruhe habe ich, Gott sei Dank, nicht, denn mein kastrierter Kumpel benimmt sich wie ein ganzer Kerl. Breitbeinig wie ein Cowboy geht er mit mir Gassi. In jeder Hundedame sieht er die zukünftige Mutter seiner Kinder. Seinen Schwanz zieht er nur ein, wenn etwas wirklich Schlimmes passiert. Wie letzten Montag. Da habe ich seine Pfote eingeklemmt. Natürlich versehentlich, absichtlich würde ich Rudi niemals Schmerzen zufügen, das dürfte wohl klar sein.

Nun gut, zurück zum letzten Montag. Als ich die Tür einer Parfümerie öffnen wollte – sie musste aufgezogen, nicht aufgestoßen werden – da huschte Rudi rechts an mir vorbei. Und kam bei diesem Überholmanöver mit seiner rechten Vorderpfote unter die Tür. Mein Gott, hat er da aufgeschrien! Die Verkäuferinnen in der Parfümerie wurden, trotz Rouge, augenblicklich blass wie eine Toastbrotscheibe. Eine eilte sofort auf uns zu, um Rudi zu bedauern. Für mich hatte sie nur vorwurfsvolle Blicke, jedenfalls bildete ich mir das ein. Rudi wurde mit Händen und Worten gestreichelt. Doch er blieb untröstlich. Gebückt und mit eingeklemmtem Schwanz schlich er durch den Laden. Alle paar Meter blickte er sich um, als würde ihn der Bösewicht vom Eingang verfolgen. Dabei ging der Bösewicht neben ihm her. Bis zum Ausgang entschuldigte ich mich bestimmt tausendmal. Ohne Erfolg. Erst Minuten nachdem wir die Parfümerie verlassen hatten, verschwand die Furcht aus Rudis Körper. Zwei Bäume hatte er achtlos links stehen lassen, der dritte aber wurde ordentlich markiert. Achtung, Rudi war hier! Auch mir ging es wieder besser. Dass ich der Übeltäter gewesen sein konnte, war für Rudi hundertprozentig ausgeschlossen.

Wir sind nicht immer einer Meinung, aber nie würden wir uns absichtlich gegenseitig weh tun. Eher nehmen Vampire ein Sonnenbad. Sowieso würde ein Hund seinen Besitzer niemals absichtlich enttäuschen. Tut er's doch, dann nur, weil er es nicht besser weiß; also gelernt hat.

So, liebe Rudi-Fans, ich glaube, mein Cockerpoo spürt gerade wieder den Cowboy in sich. Wir müssen raus.

Von Korken und Drehverschlüssen

Ich bin kein großer Weintrinker; was Rudi sehr bedauert. Denn wenn ich mal eine Flasche aus dem Regal hole und mit ihr zu der Schublade gehe, wo der Korkenzieher auf seinen Einsatz wartet, dann weiß Rudi, dass die Weinflasche keinen Drehverschluss hat. Das Krächzen eines Drehverschlusses beim Öffnen interessiert ihn nicht. Doch wie ein Korken quietscht, wenn ich ihn aus dem Flaschenhals ziehe, gefällt ihm. Dann nimmt er diese Haltung ein, mit der er sonst andere Hunde auffordert, mit ihm zu spielen. Und macht der Korken »plopp«, läuft Rudi bellend durch die Küche.

Noch mehr Spaß macht es ihm, wenn der Korken festsitzt und ich deshalb in die Hocke gehe, um Kraft zu sammeln und zu ziehen und zu ächzen und zu ächzen und zu ziehen, bis der Weinkorken endlich befreit auf dem Korkenzieher steckt. Je länger ich kämpfen muss, je angestrengter ich dabei gucke, desto mehr hüpft und fiept Rudi um mich herum. Das ist lustig anzusehen. Aber deswegen zum Schluckspecht zu werden, nein, so weit geht die Liebe dann doch nicht.

Geht meine Liebe zu ihm mal weiter, als mir eigentlich lieb ist, dann ist es Rudi nicht recht. Zuletzt war das auf der Hundewiese so. Rudi ging schnüffelnd zwanzig Meter vor mir her, als plötzlich drei Rottweiler auf ihn zugerannt kamen und ihn einkreisten. Er war nicht mehr zu sehen, ich vergrößerte meine Schritte. Kurz bevor ich den dunklen Fleischberg aus Rottweilern erreichte, sah ich, wie Rudi versuchte, einen der Riesen zu besteigen. Wie irre muss ein Cockerpoo sein, der versucht, einen doppelt so großen und zehnmal so starken Artgenossen zu dominieren? Das wäre ja so, als würde ich einen Hells Angel fragen, ob er Ärger sucht. Wer bitte macht denn so was?

Rudi. Und als die drei Riesen ihres Weges gehen wollten, hüpfte Rudi hinterher. Und auf seinen Lieblingsrottweiler drauf. Rudis Kopf lag dabei auf dessen Hüfte, seine Hinterbeine strampelten in der Luft. Das sah ziemlich unbeholfen aus. Das Knurren des Rottweilers interessierte ihn so wenig wie meine immer schriller werdenden Rudi-Schreie. Und so musste ich mich tatsächlich zwischen die Riesen quetschen und Rudi am Halsband aus dem Gewühl ziehen. Er guckte mich an, als sei ich die größte Spaßbremse in seiner Welt.

Auf dem Heimweg kaufte ich eine Flasche Wein mit Drehverschluss. Strafe muss sein.

Auch Hunde haben Frühlingsgefühle

Ob verdient oder nicht verdient: Nächste Woche geht's wieder einmal auf nach Sylt. Ich kenne keinen anderen Ort, wo Ruhe und Entspannung so dicht nebeneinander wohnen. Auf dieser Nordseeinsel baumelt die Seele nicht wie ein Gehenkter. Da hüpft sie wie ein Kind. Juhu! Doch ich habe die Rechnung wohl ohne Rudi gemacht.

Damit es auf Sylt nicht zu ruhig wird, übt Rudi seit Tagen, sich zu benehmen wie vor etwa drei Jahren, als er ein pubertierender Cockerpoo war. Damals benahm er sich wochenlang wie die Lümmel von der letzten Bank in der Welpenschule.

Auf meine Rufe reagiert Rudi entweder nicht oder erst nach einiger Bedenkzeit. Oder, was ich richtig fies finde: Er dreht sich zu mir um und guckt mich vorwurfsvoll an. So wie mich früher mein Vater anguckte, wenn ich ihn versehentlich beim Telefonieren gestört habe. Rudis Blick sagt mir dann: »Siehst du nicht, dass ich gerade eine interessante Spur verfolge? Für dich mag es wie Spaß aussehen, aber für mich ist es Arbeit. Und je öfter du mich dabei störst, desto länger brauche ich.« Ja, das alles kann Rudi mit einem Blick sagen. Das finde ich toll. Aber ich will ihn ja nicht bewundern, ich will, dass er kommt. Und zwar, wie man heute gern sagt: zeitnah.

Tut er natürlich nicht, denn, wie gesagt, interessante Spur. So bleibt mir Zeit, darüber nachzudenken, woran es liegen kann, dass er wieder Grenzen ausloten will. Was ihn zu diesem neuerlichen Kräftemessen verleitet. Diese Phase haben wir doch längst hinter uns. Wie also kommt Rudi plötzlich auf die Idee, dieses Fass noch mal aufzumachen? Er ist schließlich zu alt für die Pubertät. Und zu jung für Altersstarrsinn. Hmm. Vielleicht liegt der Frühling nicht nur in der Luft, sondern auch auf dem Boden. Kann doch sein. Und bis mir keine andere Erklärung für Rudis spätpubertäres Verhalten einfällt, bleibe ich dabei: Auch Hunde können Frühlingsgefühle haben.

Da muss ich also durch. Und ehrlich gesagt: Wenn ich so dastehe und warte, bis Rudi die Spur entschlüsselt hat; wenn ich sehe, dass er beim Schnüffeln so ernst aussieht wie ein Kind beim Spielen, denke ich mir: Jetzt habe ich mich so auf den Frühling gefreut, und wenn er dann endlich da ist, muss ich ja nicht hetzen, als würde mir der Wind Eisregen ins Gesicht peitschen.

Auf Sylt herrscht übrigens Reizklima. Mal sehen, wie Rudi darauf reagiert.

Langnasen sind aus der Mode

Okay, Lassie vermisse ich nicht. Diese Colliehündin, die bei uns 1973 ihr letztes Fernsehabenteuer bestand, war für mich zu viel des Guten. Zu klug, zu mutig, zu selbstlos und zu vernünftig. Neben Lassie wäre ich mir dumm und charakterschwach vorgekommen. Trotzdem waren Collies vor vierzig Jahren die Lieblingshunde der Deutschen. Dass sie bei uns heute kaum noch zu sehen sind, liegt aber nicht daran, dass kein Collie dieser Welt jemals so klug, mutig, selbstlos und vernünftig werden wird wie Lassie. Das Problem dieser Rasse ist ihre lange Nase.

Der Hundefreund von heute will keine Langnase mehr. Deshalb sieht man bei uns sehr viel weniger Dackel und Schäferhunde als noch vor zwanzig Jahren. Vielleicht erinnern lange Hundenasen zu sehr an Pinocchios Nase. Und wer will schon einen verlogenen Hund?

Sicher ist: Der Trend geht seit Jahren zur Stupsnase. Die Hundewiesen werden beherrscht von den Rudis dieser Welt. Von Rassen mit Babyköpfchen. Also vom Mops, von der Französischen Bulldogge, vom Boxer. Warum das so ist? Weil der Mensch keinen Beschützer mehr will, sondern einen Begleiter. Ein Wesen, das er knuddeln und umsorgen kann. Und da eignet sich ein Hund mit Babyköpfchen nun mal besser als einer mit langer, spitzer Nase. Der Mensch braucht die kalte Hundeschnauze, um die Kaltschnäuzigkeit seiner Mitmenschen ertragen zu können; er will nicht mehr »Fass!« bellen, er will »Oooh wiiie süüüß!« quietschen. Kurz: Des Menschen Hundeherz schlägt nun für Mops, Bulldogge und Boxer. Was verständlich ist, denn schaut man in deren Babygesicht, kann man die Chinesen schon verstehen. Diese Hunde hat man zum Fressen gern. Kleiner Scherz, liebe Hundefreunde.

Leider wahr hingegen ist: So süüüß babyköpfige Hunde auch sein mögen, so kurzatmig sind sie. Die Geräusche, die sie beim Ein- und Ausatmen machen, klingen mitleiderregend. Wann immer mir ein Mops entgegengeröchelt kommt, möchte ich ihm das Näschen putzen. Wie man es ja auch bei einem Baby tun würde.

Auch wenn Züchter nicht so selbstlos und vernünftig sein können wie Lassie, sollten sie es jetzt mal gut sein lassen mit Kreuzungen, die noch süßer sind als Mops und Bulldogge. Ich glaube, neue Kreuzungen wie zum Beispiel der Puggle können nicht im Sinne des obersten Schöpfers sein. Denn im Puggle steckt der gemütliche Mops und der hochaktive Beagle – da kann man als Hundefreund doch nur mitfühlend seufzen. Puggle, du armes Schwein.

Auch beim Essen ist Rudi ein Teenager

Ich weiß, ich weiß, ich weiß. Hunde sollen nicht vermenschlicht werden. Aber was soll ich denn machen? Rudi ist nun mal ein verkleideter Mensch; genauer: ein Teenager im Fellkostüm.

Das heißt: Obwohl er vom Tage hundemüde sein müsste, legt er sich erst spät zur Ruhe. Morgens kommt er dafür kaum hoch; ich muss schon mit seiner Leine hantieren, damit er sich streckt und im Zeitlumpentempo aufrafft. Auch beim Essen erinnert mich Rudi an einen Teenager. Serviere ich ihm zur Abwechslung mal nicht seine Lieblingsfleischgemüsemischung, reagiert er wie meine Töchter, wenn ihnen statt Fischstäbchen eine Forelle mit Kopf und Schwanzflosse vorgesetzt wurde. Vielen Dank, gutgemeint, aber lass mal. Und dann die Kopfhaltung! Vierbeinige Teenager rennen nur mit gesenktem Kopf durch die Gegend, weil es immer irgendwas zu schnüffeln gibt. Von zweibeinigen Teenagern sieht man auch nur noch den Scheitel, da sie ständig auf ihr Handy starren. Was Rudi von zweibeinigen Teenagern unterscheidet, ist: Er verbringt den Abend mit seinen Erziehungsberechtigten. Und sie müssen ihn nicht bestechen, damit er mit ihnen spazieren geht.

Das Beste aber, das Allerbeste an vierbeinigen Teenagern ist: Egal wie erwachsen sie werden, sie bleiben Kind. Und denken nicht mal im Traum daran, ihr Nest zu verlassen. Klar, zweibeinige Teenager müssen flügge werden. Trotzdem wird wohl den meisten Eltern mulmig bei diesem Gedanken. Selbst der Präsident der Vereinigten Staaten Barack Obama mag nicht daran denken, dass seine Tochter Malia in wenigen Monaten das Haus verlassen wird. Und wenn dann auch noch Sasha irgendwo ihr Studium beginnt, bleibt den Eltern Obama nur noch der Teenager Bo, ein siebenjähriger Portugiesischer Wasserhund, den sie umsorgen und knuddeln können. Schnief. Seufz.

Dass Hunde kein Kinderersatz sind, weiß jeder, der beides hat. Doch sind die Kinder aus dem Haus, muss man ja irgendwohin mit seinen Muttergefühlen (Muttergefühle haben übrigens auch Väter!). Aber bitte nicht übertreiben. Auch ein Teenager im Fellkostüm ist von Natur aus immer noch ein Hund. Der braucht Grenzen so nötig wie Liebe. Und wer sich noch an die Kinderzeit erinnert, der wird wissen: Wenn alles erlaubt ist, fehlt einem das Verbotene. Sich das bei seinem Teenager-Hund bewusst zu machen, fällt nicht leicht. Das weiß ich aus eigener Erfahrung.

Mein bissiger Kollege I

In meinem Büro wird Rudi nicht von allen Kollegen gern gesehen. Genauer gesagt von einem der vierzig nicht. Richtig, ich arbeite in einem Großraumbüro. Als vor einem Jahr abgestimmt wurde, ob wir in einem Großraumbüro arbeiten wollen, habe ich sofort die Hand gehoben. Mein Gesicht, als ich dann sah, dass das große Büro nicht für mich allein war, können Sie sich vorstellen.

Und dann war da noch der besagte Kollege. Zuerst konnte er nicht mit Rudi im Büro sein, da er vorgab, unter einer Hundeallergie zu leiden. Als dann Augen und Nase einfach nicht laufen wollten, kam er auf mich zu, um mir zu sagen, er sei am Wochenende von einem kleinen Hund gebissen worden und hätte seitdem auch Angst vor einem kleinen Hund wie Rudi. Ich mache mich über keine Angst eines Mitmenschen lustig, egal wie klein und lächerlich sie mir erscheinen mag. Nun ist Rudi aber wirklich so was von lammfromm, dass die Gefahr, von einem Schmetterling angefallen zu werden, größer ist. Als mir der Kollege dann eines Morgens in der Kaffeeküche einen neuen Grund gegen Rudi nannte, hätte ich ihn fast umarmt vor lauter Freude über seine Fantasie. Der Kollege, der normalerweise strohtrockene Gedanken drischt, sagte zu mir, er sei aus der Kirche ausgetreten und das Gebimmel von Rudis Hundemarke würde ihn an Kirchenglockengeläut erinnern. Nun glaube ich nicht, dass irgendjemand in einem Büro, in dem vierzig Menschen telefonieren, sich unterhalten oder auf die Computertastatur hacken, das Klappern einer Hundemarke raushören kann. Aber okay, es gibt ja auch Menschen, die an Anatidaephobie leiden. Das ist die Angst, von Enten beobachtet zu werden. Also kaufte ich für Rudis Hundemarke eine Plastikumrandung, die das Klimpern dämpfen sollte. Was sie auch tat. Puh! Rudi klimperte nicht mehr wie eine Kirchenglocke, von ihm gingen erwiesenermaßen keine Allergien oder sonstigen Gefahren aus – war der Kollege nun zufrieden? Nein!

Jetzt sah er in Rudis Leine eine Stolperfalle, denn: Würde Rudi doch mal auf die Idee kommen, durchs Büro zu gehen (was er bisher nie tat), dann könnte der Kollege über die Leine stolpern, die Rudi hinter sich herschleppt. Als ich erwiderte, über eine flach am Boden liegende Leine könne er nur stolpern, wenn er jemanden finde, der die Leine straffziehe und dass so fies niemand im Büro sein würde, sagte der Kollege: »Trotzdem.«

Vielleicht sollte ich dem Kollegen demnächst sagen, dass ich nicht unter Angrophobie leide. Das ist die Angst davor, wütend zu werden.

Mein bissiger Kollege II

Neununddreißig meiner Kollegen im Großraumbüro sehen Rudi also gern, für einige ist er sogar ein Quell der Freude. Sie streicheln ihn, auch wenn er nicht will. Aber er lässt sie, weil er ein rundum freundlicher kleiner Kerl ist. Nur dieser eine Kollege, den ich letzte Woche an dieser Stelle vorstellte und dem ich heute wirklich zum letzten Mal die Ehre gebe, in einem Text mit Rudi erwähnt zu werden, dieser Sack von einem Kollegen schnitzt immer wieder neue Giftpfeile, um Rudi aus dem Büro zu jagen. Dabei habe ich echt alles versucht, seine Abneigung wenigstens in Gleichgültigkeit zu verwandeln. Zuletzt habe ich es mit wissenschaftlichen Studien versucht. Wenn der Kollege schon kein Herz für Rudi hat, dachte ich, vielleicht kann ich dann seinen Kopf erreichen.

Ich fing also mit einer Studie der Universität Tokio an. Da wurden zehntausend Chinesen ein Jahr lang begleitet, um zu gucken, wer häufiger zum Arzt geht, Menschen mit Hund oder Menschen ohne Hund. Und? Hundebesitzer gingen seltener zum Arzt. Der Grund: Die Hundebesitzer hörten nicht so oft in ihren Körper hinein. Denn, liebe Leserinnen und Leser, wir wissen doch, was schon der Philosoph Platon erkannte: »Die ständige Sorge um die Gesundheit ist auch eine Krankheit.«

Ein Hund kann natürlich nicht vor einem Herzinfarkt schützen. Aber, das belegt eine amerikanische Studie, Hundebesitzer überleben einen Herzinfarkt häufiger als hundelose Menschen. Die genauen Zahlen interessierten meinen Kollegen nicht. Er würde weder rauchen noch trinken, mit einer Herzkreislauferkrankung würde er also sowieso nicht rechnen.

Auweia, dachte ich da, und wenn er sich mal so über Rudi

aufregt, dass er im Großraumbüro tot umfällt? Aber da fielen mir noch die amerikanischen Wissenschaftler ein, die menschliche Spucke untersucht haben. In der lässt sich nämlich das Stresshormon Cortisol nachweisen. »Ja, ja«, sagte mein Kollege, »schon klar, Hundebesitzer spucken weniger Cortidingsbums aus.« »Genau«, sagte ich, »wenn du also mal richtig Stress hast, kannst du dir zur Beruhigung gern Rudi ausleihen und unter deinen Schreibtisch legen.« »Blöder Hund«, sagte mein Kollege und stürmte aus der Kaffeeküche. Und diesmal meinte er nicht Rudi.

Habe ich schon erwähnt, dass dieser Kollege weniger Spaß versteht als der türkische Präsident Recep Erdoğan?

Das große, gelbe, blöde Mondgesicht

Urlaub, Sonne, Sylt. Aber jetzt mal der Reihe nach.

Erstens: Urlaub ist für Rudi ein zweischneidiges Schwert. Einerseits findet er es toll, vierzehn Tage am Stück mit seinem Rudel zu verbringen. Andererseits geht sein Rudel dann nicht bloß Gassi mit ihm, sondern überallhin. Rudi kommt mit zum Brötchen- und Zeitungholen, er begleitet uns an den Strand und ans Watt, er flaniert mit uns durch Westerland.

Klar werden immer mal wieder Pausen eingelegt. Diese Zeit nutzt Rudi aber nicht zum Ruhen, sondern um die fremden Gerüche in der Luft zu analysieren. Oder um nach anderen Hunden Ausschau zu halten. Trinken tut er im Urlaub erst kurz vor dem Ausdörren. Denn er kann sich nicht auf seinen Wassernapf konzentrieren, wenn um ihn herum Geräusche sind, die er so noch nicht gehört hat.

Zweitens: Rudi kann keine Temperatur über zwanzig Grad ertragen. Die Sonne ist für ihn ein großes, gelbes, blödes Mondgesicht. Am liebsten würde er die Sonne in die Wüste schicken. Jede sich bietende Gelegenheit nimmt er wahr, um sich vor ihr zu verstecken. Es kam vor, dass Rudi plötzlich nicht mehr neben oder vor uns lief. Er lag dann meistens unter einer Bank am Wegesrand. Und guckte wie ein verwundeter Cowboy, der seinen Kumpels sagt: »Lasst mich hier liegen, geht ohne mich weiter, ohne mich seid ihr schneller.« Wahrscheinlich würde Rudi gern Urlaub in einem Schattenreich machen. Aber wie soll er da hinkommen, sein Rudel verfährt sich ja schon auf dem Weg nach Sylt.

Kommen wir also drittens auf Sylt. Ach Sylt, geliebtes Sylt. Es ist der einzige Ort, den ich kenne, wo man sich als Urlauber nicht wie ein Tourist vorkommt. Weil sich die meisten Einheimischen ein Leben auf dieser Insel nicht mehr leisten können. Hat sich so entwickelt, lässt sich nicht mehr rückgängig machen. Wenn auf Sylt eine Frau ein Kopftuch trägt, ist sie keine Muslima. Sondern eine Porsche-Cabrio-Fahrerin.

Am Watt gibt es kilometerlange Spazierwege. Die liebt Rudi. Auch weil er sich hier auf toten Möwen wälzen kann. Soll er doch, sind schließlich Ferien. Am Ende eines Ferientages war Rudi meist so müde, dass er sich nach dem Essen ins Bett seines Rudels legte. Im Urlaub darf er das ja. Dass das Bett nach zwei Tagen aussah, als hätten darin Schornsteinfeger in voller Montur geschlafen, war seinem Rudel erst ein bisschen unangenehm. Aber schließlich egal. Denn aufgeräumt, sauber und vernünftig sind wir lang genug im Jahr.

Im Urlaub auf Sylt gilt: sich gehen lassen und spazieren gehen. Herrlich.

Wir gehen durch dick und dünn

Ich gehöre nicht zu den Menschen, die aus Fehlern lernen. Auch nicht manchmal. Denn aus Erfahrung weiß ich, dass auch Fehler und Fehlentscheidungen ans Ziel führen können. Das Ergebnis mag dann ein anderes sein als das, das ich mir vorgestellt habe. War aber auch gut. Oft sogar besser. Wenn Sie mich fragen würden, welche Fehler das waren, müsste ich passen. Die habe ich verdrängt.

Wie in allen Lebensbereichen, so bestätigt auch beim Nicht-aus-Fehlern-Lernen die Ausnahme die Regel. Bei mir ist das mein humorvoller Ausnahme-Hund Rudi, ein jetzt schon viereinhalbjähriger Cockerpoo (ach ja, alles wird teurer und wir werden älter). Da auch Ihre Zeit, liebe Leserinnen und Leser, nicht auf den Bäumen wächst, komme ich jetzt schnell zu dem Fehler, aus dem ich ausnahmsweise gelernt habe.

Wie in diesem Jahr, so war ich schon im letzten Sommer mit Rudi auf Sylt. Und die Tage dort verlaufen immer gleich (bei mir schon seit fünfunddreißig Jahren, ach ja, wir werden alle älter …). Jeder Tag ist etwa zwölf Kilometer lang. Mal mehr, mal ein paar Meter weniger. Mal am Watt entlang, mal am Strand. Wo auch immer: Da Rudi ja – wie jeder Hund – beim Spazierengehen ohne Leine vor- und zurückrennt, Hasen oder Stöckchen jagt, ist sein tägliches Laufpensum natürlich höher als meine zwölf Kilometer. Gibt es eigentlich schon Schrittmesser für Hunde? Egal. Auf Sylt ist Rudi länger draußen als zu Hause in Berlin. Eine Tatsache, die ich im letzten Jahr nicht bedacht hatte. Erst als ich ihn zu Hause auf die Waage stellte, fiel mir mein Fehler auf. Da ich seinen erhöhten Kalorienverbrauch nicht mit einer größeren Portion

Fleischgemüsemix ausgeglichen hatte, war mein kleiner Freund während der vierzehn Tage auf Sylt ein Kilo weniger geworden. Was ich obendrein vergessen hatte: Seeluft macht auch ohne große Anstrengungen hungrig. Okay, hungrig ist Rudi immer, aber auf Sylt muss er wirklich Kohldampf geschoben haben, der arme, arme Kerl! Was muss er nur von mir gedacht haben! Als ich mich Entschuldigungen stammelnd vor ihm auf den Boden warf, wedelte er wie verrückt. Er dachte, das sei ein neues Spiel.

Diesmal bekam Rudi selbstverständlich ausreichend zu fressen. Soweit ich mich erinnere, war das der einzige Fehler, aus dem ich gelernt habe.

Rudi lernt, wie schmerzhaft Liebe ist

Wer mit Rudi auch nur fünf Minuten zusammen war, weiß: Jedes Lämmchen ist aggressiver als er. Und trotzdem herrscht für ihn zweimal im Jahr für rund vierzehn Tage Leinenzwang. Auch auf Wiesen, wo er sich sonst frei bewegen darf.

An welchem Tag die Leinenzeit beginnt, merke ich immer erst, wenn es zu spät ist. Es ist der Augenblick, wenn Rudi plötzlich eine Stelle unseres Wegs sehr viel gründlicher als sonst analysiert. Er tut das mit einer Konzentration, die Kinder beim Spielen aufbringen. Ich ahne, was gleich kommt. Mein drohender Ruf »Rudi!« ist für ihn der Startschuss in ein neues, aufregenderes Leben. Rudi flitzt los wie ein Hundertmeterläufer. Er hört nichts mehr, er sieht nichts mehr. Er gehorcht nur noch seiner Nase, welche die Spur einer heißen Hundedame aufgenommen hat.

Ich würde ihm den Spaß gönnen, wüsste Rudi, was vor dem Überqueren einer Straße zu tun ist. Weiß er aber nicht, wird er nicht mehr lernen. Ohne nach links und rechts zu gucken, flitzt er weiter. Muss er weitergeflitzt sein, denn nach wenigen Metern ist Rudi aus meinem Blick verschwunden. Ich sehe ihn erst wieder, wenn er irgendwo die Spur der heißen Hundedame verloren hat und nun schnüffelnd herumsteht. Die Straße wird nicht viel befahren. Aber ein Auto würde reichen, um Rudis Sexträume ein für alle Mal zu beenden.

Deshalb muss Rudi zweimal im Jahr für vierzehn Tage an die Leine. Durchgehend. Ausnahmen gibt es nicht! Und Rudi kann von Glück reden, dass er nur für einen Monat im Jahr an mich gekettet ist. Denn die drei Hündinnen in unserem Viertel waren bisher immer zur selben Zeit heiß.

Ob mir Rudi leidtut? Was für eine Frage! Natürlich! Da er kastriert ist, könnte mein Pudel-Cocker-Spaniel-Mix folgenlos eine hochwohlgeborene Weimaranerin beglücken. Was die Sache für ihn noch unerträglicher macht: Nachdem er letzte Woche beim Frisör war, kommt sein athletischer Körper noch besser zur Geltung. Heiße Hündinnen, die gezwungenermaßen sein Leinenschicksal teilen, flippen aus, wenn sie Rudi sehen. Wie eine Marionette an einem Faden tanzen sie vor ihm herum. Noch in zehn Metern Entfernung drehen sich die Damen nach Rudi, der Liebe ihres Lebens, um. Dieser wird an diesen Tagen mit einer extra Spielstunde beruhigt. Und was machen die unsterblich verliebten Hundedamen?

Wie wohl leider jeder von uns aus eigener Erfahrung weiß, dauern unsterbliche Lieben selten lang. Bei Hundedamen zweimal jährlich vierzehn Tage. Einerseits beneidenswert. Andererseits nicht.

Hunde sind wie Kinder

Wenn irgendwo auf der Welt Menschen zu Opfern von Terrorakten werden, heißt es von offizieller Seite immer: »Wir sind in Gedanken bei den Angehörigen.« Das stimmt, aber nur, weil Menschen erst mal an sich denken. Das ist nicht schlimm. Ich spreche da aus Erfahrung.

Seit Wochen sucht in unserem Viertel ein Ehepaar seinen Rocco. Rocco ist ein Papagei, der eine kleine Unachtsamkeit seiner Menschen für einen Ausflug an der frischen Luft genützt hat. Dass Freiheit gefährlich sein kann, konnte Rocco, der Stubenhocker, nicht wissen. Nun stellen sich seine Menschen natürlich allerlei auf Rocco lauernde Gefahren vor. Seit Wochen, jeden Tag, jede Nacht, sehen sie ihren Rocco böse enden. Sollte er die Angriffe von Krähen, Raben und Katzen überlebt haben, dann hat ihr Rocco nun mehr Angst und Heimweh als Hunger. Für uns ist Rocco nur irgendein Papagei. Seine Menschen aber würden ihn unter hundert Papageien wiedererkennen.

In ihrer Verzweiflung haben seine Menschen nun Vermisstenanzeigen an jeden Baum in unserem Viertel geklebt. Zweitausend Euro Finderlohn für Rocco! Für einen Vogel, der vor Wochen ausgerissen ist. Die Hoffnung stirbt zuletzt. In Gedanken bin ich bei Roccos Menschen, weil ich mir Rudi an Roccos Stelle vorstelle. Rudi, der schon zusammenzuckt, wenn sich eine Markise über ihm bewegt. Rudi, der es gewohnt ist, dass ich ihm gegen 19.30 Uhr sein Fressen serviere. Rudi, der draußen nur den Starken markieren kann, weil er weiß, dass ich auf ihn achte. Ohne mich wäre Rudi aufgeschmissen. Hunde sind nun mal wie Kinder, die nie erwachsen werden. Und zu all meinen unguten Gedanken kam noch der schlimmste: Du bist schuld an Rudis

Schicksal. Warum hast du nicht? Warum bist du nicht? Glücklicherweise muss ich nicht wirklich mit diesen Fragen und Ängsten leben. Roccos Besitzer schon. Und deshalb bin ich tatsächlich in Gedanken bei Roccos Angehörigen.

Nach jeder »Tagesschau« hat man Gründe, am Leben und der Menschheit zu verzweifeln. Doch irgendwann ist auch der größte Mitleidsvorrat aufgebraucht. Roccos Schicksal hat mich immerhin auf den Gedanken gebracht, den Verein *Tiere in Not* zu unterstützen. Immerhin.

Und bevor ich es vergesse: Ich habe auch der *Deutschen Alzheimer Gesellschaft* ein paar Euro überwiesen. Ich denke, das ist eine prima Investition in meine Zukunft.

Nur kleine Bälle sind gute Bälle

In meiner EM-Tipprunde habe ich nach zähem Ringen den letzten Platz belegt. Niemand lag mit seinen Voraussagen öfter daneben als ich. Wenn es nicht frauenfeindlich wäre, würde ich zugeben, dass sogar Frauen mehr von Fußball verstehen als ich. Doch mit dem Tipp, der jetzt kommt, liege ich hundertprozentig richtig: Rudi ist froh, dass die Europameisterschaft vorbei ist. Dass ich jetzt die Tage bis zum Bundesligastart zähle, muss er nicht wissen.

Wie auch immer: Mein Fluchen, Stöhnen, Jubeln beim Fernsehgucken muss ihn sehr irritiert haben. Wenn Rudi versucht zu verstehen, was ich gerade von mir gebe, dann neigt er seinen Kopf nach links und rechts. Und schaut mich dabei an wie eine Mutter, die sich um die Tassen im Schrank ihres Sohnes Sorgen macht. Als ich dann aber irgendwann im Zimmer stand, die Hände rhythmisch über dem Kopf zusammenschlug und bei jedem Klatsch »Hu!« schrie. »Hu, hu, hu, hu, hu!«, verzog er sich unter seine Couch. Das Mitsingen der deutschen Nationalhymne habe ich ihm erspart, denn beim Singen liege ich noch öfter daneben als beim Tippen. Rudi hätte sich beim Kopfneigen einen Halswirbel ausrenken können. Und so weit geht meine Vaterlandsliebe dann doch nicht.

Für Fußball und Fußbälle hat Rudi also nichts übrig. Ein Ball ist für ihn nur dann gut, wenn er in meine Hosentasche passt. Die Herausforderung für ihn ist, an diesen Ball zu kommen. Die Herausforderung für mich ist, den Ball vor dem Rausgehen unbemerkt in meine Hosentasche zu stecken. Schaffe ich es nicht, springt Rudi so lange an mir hoch, bis ich sauer werde. Wenn ich sauer bin, schreie ich ihn an, was er nicht versteht, und mich noch saurer macht – diesmal aber auf mich. Doch Rudi und ich reagieren dann wie Fußballprofis nach einem Foul: Durchatmen, Schwamm drüber, weiter geht's.

Ich kenne übrigens keinen anderen Hund, der sich in der Luft so katzengleich bewegen kann wie Rudi. Springt er an einem Ball vorbei, dreht er sich während des Fluges um und schnappt nach ihm. Nicht immer, aber doch überraschend oft bekommt er den Ball noch zu fassen. Und wenn ihm das gelingt, klatsche ich rhythmisch in die Hände und skandiere: »Manuel Neuer, du König der Lüfte!«

Rudi weiß nicht, wer Manuel Neuer ist. Er hat noch weniger Ahnung vom Fußball als ich. Wir sind ein tolles Team. Hu! Hu! Hu! Hu!

Rudi kann knurren

Rudi knurrt selten. Sein Knurren ist für mich Überraschung und Geheimnis zugleich. Wenn er knurrt, ist das so, als würde der Dalai Lama mit der Faust auf den Tisch hauen. Steckt in meinem Hund etwa doch ein Tier? Ist er vielleicht doch gefährlicher als ein Schmetterling? Und warum knurrt er überhaupt?

Rudi knurrt, wenn ich ihm einen Markknochen in seinen Fressnapf lege. Wirklich wahr, er knurrt einen Knochen an! Und ich habe bis heute nicht herausgefunden, was er mir oder dem Knochen damit sagen will. Muss er den Platz im Napf freihalten für sein Fressen? Sieht er in einem Markknochen einen Snack, der nur auf dem Teppich serviert werden darf? Lege ich ihm nämlich den Knochen neben seinen Napf, trägt er ihn ganz vorsichtig auf den einzigen Teppich in der Wohnung. Warum bloß? Zumal ich ihn jedes Mal anknurre, weil ich die Blutflecken entfernen muss. Rudi, du bist ein komischer Hund, wenn ich das mal in aller Freundschaft sagen darf.

Überhaupt nicht komisch finde ich, wenn er größere Hunde anknurrt. Rudi, diese halbe Portion. Allerdings knurrt er sie nie an Land an. Sondern nur im Wasser. Ich sag ja, komischer Hund.

Der Grunewaldsee ist das beliebteste Freibad für die Berliner Hunde. An heißen Sonntagen geht's hier zu wie am Ballermann. Rudi hat keinen Blick für die Meute, er sieht nur seinen gelben Gummiring, den er vorm Ertrinken retten muss. Immer wieder muss ich den Ring in den See werfen. Immer wieder. Und dann noch mal. Doch manchmal interessieren sich andere Hunde für Rudis gelben Ring. Dann wird um die Wette geschwommen. Liegen Rudi und sein Konkurrent gleichauf, fängt Rudi an zu knurren. Das ist gefährlich. Für Rudi. Denn erstens kann er sich dabei verschlucken. Und zweitens, was auch schon vorgekommen ist: Sieht der andere Hund keine Chance, den gelben Ring als Erster zu erreichen, schnappt er nach Rudis Schwanz. Was Rudi gar nicht mag. Er regt sich dann so auf, dass er vergisst, den Mund zuzumachen. Gluck, gluck, röchel, röchel. Das klingt jetzt dramatischer, als es ist. Was ich aber sensationell finde, ist, dass Rudi aufhört zu knurren, wenn er sieht, dass der andere Hund vor ihm den gelben Ring erreicht. Dann dreht Rudi ab und kommt zurückgeschwommen, mit gestrecktem Hals, als wäre er eine ältere Dame, die darauf achtet, dass ihre Frisur nicht nass wird.

Auf dem Heimweg schläft Rudi dann. Dann knurrt nur noch sein Magen.

Möchten Sie mal Mäuschen sein?

Auf die Frage, welches Tier man sei, antworten die meisten Menschen Löwe, Leopard, Tiger, Bär, Elefant. Kleiner als Hund oder Katze denken die wenigsten. Dabei gibt es doch wohl niemanden, der sich nicht ab und zu wünscht, Mäuschen zu sein. »Da möchte ich mal Mäuschen …«, heißt es dann. Das haben Sie auch schon mal gesagt, etwa nicht? Und heute wird Ihr Wunsch wahr. Sie werden gleich Mäuschen sein bei einem Gespräch zwischen Rudi und mir. Es hat sich in etwa so am letzten Sonntag nach dem Duschen zugetragen:

»Rudi, wie oft soll ich dir noch sagen, dass ich es nicht mag, wenn du mich ableckst. Nicht wenn du mein Gesicht leckst, wenn ich Fernsehen gucke. Nicht wenn du meine Hand leckst, wenn ich dich streichle. Du könntest dich sowieso viel öfter streicheln lassen. Warum kuschelst du überhaupt so ungern? Und warum zerfetzt du innerhalb von Minuten jedes Kuscheltier, das ich dir schenke? Weißt du eigentlich, wie teuer die Eule war, die ich dir neulich gekauft habe? Im Laden warst du noch so zärtlich mit ihr. Und ich habe mich schon gefreut, dass du jetzt nicht mehr mich ableckst, sondern die Eule. Aber kaum waren wir zu Hause, hast du die arme Eule zu Kleinholz gemacht. Und dabei hatte sie so schöne, große Augen. Mann, Rudi, was ist nur mit dir los?!

Nein, das ist kein anderes Thema. Es geht immer noch um die Art, wie du mir deine Gefühle zeigst. Vor allem, wenn du mir nach dem Duschen die Waden leckst, könnte ich schreien. Ich schreie ja schon? Hast du eine Ahnung, wie das klingt, wenn ich schreie?! Jetzt guck nicht so bedröppelt, ich weiß, was du mir damit sagen willst. Dass ich zu deinem Rudel gehöre. Ich finde das ja auch toll und rührend. Aber kannst du dich nicht einfach zu mir auf die Couch legen und deinen Kopf auf mein Bein legen und dann tief ausatmen? Das machst du ja, sagst du? Stimmt, das machst du. Aber noch öfter leckst du mir durchs Gesicht und guckst mich dabei an, als wolltest du mir sagen: ›Alles halb so schlimm, Kumpel, ich bin ja bei dir.‹ Und genau dieser Blick macht mir immer wieder ein schlechtes Gewissen. Vielleicht sollte ich mich einfach nicht mehr so anstellen. Und beim Duschen die Badezimmertür nicht mehr weit offen lassen, sondern nur noch einen Spalt. Weißt du, was mir dabei gerade einfällt? Dass du immer noch keine angelehnte Tür aufstoßen kannst. Komm, lass dich streicheln, ich kann mir ja danach die Hände waschen.«

Rudi sorgt für Ausraster

Hat man sich erst mal einen Hund ins Haus geholt, kann man einen Satz aus seinem Sprachgebrauch streichen. Ich meine den Satz: Früher war alles besser. Das ist Unsinn! Früher war das Leben weniger hektisch? Ach was, der Stress von heute ist die gute alte Zeit von morgen. Früher hatte der Mensch mehr Zeit? Stimmt nicht. Wer keine Zeit hat, muss sie sich nehmen! Anders geht's nicht. Das war früher so, das ist heute so. Die Früher-war-alles-besser-Klagen könnte man ziemlich endlos fortsetzen. Aber sie sind den Atem nicht wert, mit dem sie geseufzt werden.

Ist mir alles egal? Nein, überhaupt nicht! Aber Rudi hat mich ruhiger gemacht. Ruhig im Sinne von weniger aufgeregt.

Nehmen Sie nur den Putsch in der Türkei. Das war ja wohl der Aufreger der letzten Wochen. Hat sich die Aufregung irgendwie auf Ihr Leben ausgewirkt? Hätten Sie in den letzten Wochen kein Fernsehen geguckt, kein Radio gehört, keine Zeitung gelesen, dann wäre der ganze Wirbel an Ihnen vorbeigezogen wie ein Schiff im Nebel. Und mal ehrlich, so ist es doch mit fast allem, was in unserer rasenden Nachrichten-Welt passiert. Etwa nicht? Natürlich kann ich mich wie jeder vernünftige Mensch über Donald Trump aufregen. Nur: Warum sollte ich das tun? Wenn ich meinen Blutdruck pushen will, laufe ich mit Rudi die fünf Etagen zu unserer Wohnung hoch. Will ich meinen Blutdruck senken, streichle ich ihn (Hunde zu streicheln ist ein wissenschaftlich erprobter Blutdrucksenker, aber das wissen Sie ja).

Und auch für kleine Ausraster kann Rudi viel besser sorgen als Donald Trump. Zum Beispiel, wenn er eine Unaufmerksamkeit meinerseits nutzt, um die Fernsehfernbedienung in den Garten zu tragen. Was mich besonders nach Einbruch der Dunkelheit auf die Palme bringt. Apropos Fernbedienung suchen: Ist Ihnen schon mal aufgefallen, dass es immer heißt, irgendwer oder -was werde »fieberhaft gesucht«. Seitdem Rudi bei mir eingezogen ist, weiß ich, dass eine »überlegte Suche« viel sinnvoller und erfolgreicher ist als eine »fieberhafte Suche«. Darauf hätte ich auch allein kommen können. Bin ich aber nicht. So wie ich nicht draufgekommen bin, dass eine geteilte Wiener besser schmeckt als eine ganze. Früher machte mich Würstchen essen nur satt. Heute macht es mich auch noch ziemlich glücklich. Dank Rudi. Danke, Rudi!

Ups, da fällt mir leider doch etwas ein, was früher besser war als heute. Früher war Donald Duck der einzige Donald im Fernsehen.

Rudi stärkt meine Gesichtsmuskulatur

Ich gestehe. Auch diese Kolumne habe ich mit Hilfe leistungssteigernder Substanzen geschrieben. Olympisch ausgedrückt: Ich habe gedopt wie ein Russe! Und damit zu den olympischen Spielen.

Gäbe es da die Disziplin »Sich-selbst-an-die-Nase-Fassen«, könnten nur Babys gewinnen. Denn nur Neugeborene haben ein Gewissen so rein wie Neuschnee. Nur Babys sind unschuldig. Haben sie erst einmal zu sprechen gelernt, ist es mit der Unschuld bald vorbei. Sie werden anfangen zu schwindeln, zu schummeln, zu heucheln. Wie jeder Mensch, der nicht das Zeug zum Heiligen hat. Und sind die Kleinen dann richtig erwachsen, werden sie auf andere zeigen, um von den eigenen Schwächen und Unzulänglichkeiten abzulenken. Das mache ich leider auch oft, ich bin ja nicht der Dalai Lama. Nur wenn es um sogenannte Dopingsünder geht, schimpfe ich nicht mit.

Ich kann doch nicht im Ernst Sportlern die Einnahme von leistungssteigernden Mitteln vorwerfen und mir selbst alles hineinziehen, was mich durch den Tag bringt.

Um überhaupt aus den Startlöchern zu kommen, pushe ich mich morgens mit einer Tasse schwarzen Kaffee. Nach einem langen Hindernislauf in den Feierabend brauche ich zum Runterkommen ein Bierchen. Hänge ich zwischendurch durch, knabbere ich Studentenfutter. Bei ersten Anzeichen einer Grippe schlucke ich Vitaminpillen, bei Sodbrennen ein Tütchen Magnesium. Meine Hausapotheke ist besser bestückt als meine gut sortierte Hausbar. Aber all diese Mittelchen sind nichts verglichen mit den segensreichen Errungenschaften der feinmechanisch-optischen Industrie. Was wären Rudi und ich ohne meine Brille? Verhungert wären wir! Denn schreiben, also Geld verdienen, kann ich nur mit Brille (für alle anderen Lohnarbeiten bin ich, Gott sei's geklagt, zu dumm oder ungeschickt).

Streng genommen müsste auch Rudi unter das Anti-Doping-Gesetz fallen. Schließlich macht mich mein Cockerpoo ausgeglichener, beweglicher, gesundheitsbewusster, fitter. Ich schlafe besser und mache die Nacht nicht mehr durch, weil Rudi ja morgens rausmuss. Durch Rudi weiß ich: Luft ist eine gesunde Art von Gehirnwäsche. Das Erstaunlichste aber ist: Rudi hat einen Stoffel wie mich freundlicher gemacht.

Seitdem wir Freunde sind, benutze ich die dreiundvierzig Muskeln, die der Mensch zum Lächeln braucht, viel öfter als die dreiundfünfzig, die er für ein böses Gesicht benötigt.

»Iiih, wie eklig!«

Rudi und ich sind ja nicht die großen Redner. Sogar einen Sonnenuntergang können wir uns angucken, ohne »Ist das nicht romantisch?« zu seufzen. Wie es uns geht? Mal so, mal so. Ob wir am Wochenende was erlebt haben? Nee, nix erlebt. War schön. Wer uns nicht kennt, könnte meinen, wir seien Einsiedler. Sind wir nicht. Wir reden nur nicht so viel. Und wenn wir reden, dann ganz normal. Und nicht, als hätten wir Micky Mouse verschluckt.

Rudi hat kein Problem damit, von Fremden angesprochen zu werden. Aber bitte ruhig und mit gesenkter Stimme! Und nicht in diesem quietschenden Tonfall, den die meisten Erwachsenen anschlagen, sobald sie ein Kleinkind vor sich haben. Dass Kleinkinder nicht blöd sind, nur weil sie klein sind, haben Rudi und ich zuletzt wieder auf unserer Hundewiese mitbekommen. Da sagte ein Erwachsener mit Quietschstimme zu einem etwa vierjährigen Mädchen: »Du kannst aber schon gut sprechen.« Woraufhin die Kleine kurz hochschaute und sagte: »Du aber auch.«

Kleinkinder und Hunde haben ein feines Gehör. Am Klang der Stimme erkennen sie, ob man ehrlich an ihnen interessiert ist. Oder ob der Große sich zu ihnen »herablässt«. Mit ehrlich empfundener Abneigung können Kleinkinder und Rudi besser umgehen als mit geheuchelter Freundlichkeit.

Aber diese Erwachsenen sind ja gar nicht so, sie denken nur falsch. Sie denken, wer Kinder und Hunde nicht mag, muss ein schlechter Mensch sein. Das stimmt aber nicht. Ein gutes Beispiel ist Karl Lagerfeld, der keine Kinder mag. Zu einem kleinen Jungen sagte er mal: »Ich weiß, dass du fünf Jahre alt bist. Aber ich nicht. Also sprich vernünftig mit mir.« Mit dieser ehrlichen Ansage konnte der Knirps was anfangen.

Sind Rudi und ich Stoffel, denen man auf der Straße und Hundewiese besser aus dem Weg geht? Ach was, ü-ber-haupt nicht! Wir sind nur keine großen Fans der Menschheit. Wie auch?! Aber ein gutes Dutzend Frauen, Männer und Kinder wohnt schon in unseren Herzen. Nur tragen wir unser Herz nicht ständig auf der Zunge. Obwohl, wenn ich's recht überlege: Rudi schon.

Wen er mag, der wird abgeschleckt. Da kennt er kein Erbarmen. Da klingt ein gequietschtes »Iiih, Rudiii, ekliiig, lass das biiitte« in seinen Schlappohren wie helle Begeisterung.

Heiß und Heissa!

Je kühler die Tage und Nächte werden, desto jünger wird Rudi. Wärme lässt ihn zusehends altern. Steigt das Thermometer auf über fünfundzwanzig Grad, wird Rudi mit jedem Grad älter. Bei einer Temperatur von dreiunddreißig Grad ist er schließlich so matt wie ein alter Mann, der nun bei jedem Schritt spürt, dass sein Job ein Knochenjob war.

Bei Rudi kommt erschwerend hinzu, dass er behaart ist. Sein schwarzes, lockiges Fell wärmt ihn im Winter wie eine Heizdecke. Auch kurz geschoren staut sich in seinen Löckchen die Luft. Das ist kein Vergnügen, und ich könnte es ihm nicht verübeln, würde er die Sonne als »großes, gelbes Monster« beschimpfen.

Über ältere Herren, die mit sechsundachtzig Jahren noch am Leben teilnehmen, wird gern gesagt: »Schon sechsundachtzig, aber noch total fit im Kopf!« Das kann ich auch über Rudi sagen.

Die Hitze mag ihn noch so lähmen und kirremachen, sein Kopf arbeitet einwandfrei. Sogar klarer als meiner. Denn bei unseren Spaziergängen denke ich nie daran, für ein bisschen Schatten die Straßenseite zu wechseln. Rudi schon. Gehen wir auf einem in Sonnenlicht getauchten Bürgersteig, bleibt er plötzlich stehen und schaut auf die andere Seite, wo Häuser stehen, die Schatten werfen. Also überqueren wir die Straße, auch wenn das schattenspendende Stück kaum größer als ein Handtuch ist. Hier ist es zwar nicht kühl, aber doch kühler. Jedenfalls kommt es uns so vor. An der schattendunklen Häuserwand fühlen wir uns wohler als auf der gegenüberliegenden Sonnenseite. Rudi macht sich lang und hechelt mich an, seine schwarzgelockte Heizdecke scheint auf Hochtouren zu laufen. Das große, gelbe Monster prügelt erbarmungslos auf uns ein, doch es hilft nichts, wir müssen weiter, wollen wir nicht im Schatten der Hauswand verdursten.

Apropos verdursten: So wie er jedes unter einem Auto vor sich hingammelnde Wurstbrot erschnüffelt, so sicher erkennt er aus zehn Metern Entfernung jeden Wassernapf, den ein freundlicher Kellner vor die Restauranttür gestellt hat. Ich wäre daran vorbeigelaufen. Doch Rudis Kopf arbeitet unter seiner Fellmütze. Während er schlabbert, staune ich über meinen kleinen Freund und wie er dem großen, gelben Monster zeigt, dass es sich an ihm die Zähne ausbeißt.

Und wenn wir dann im Tiergarten angekommen sind, ist die Heizdecke vergessen. Rudi schießt los, ich trotte hinterher. Da hinten wartet ein kleiner Teich auf ihn. Und Rudi auf die Stöckchen, die er vorm Ertrinken retten muss. Juchu!

Die Zeitung gehört in den Garten!

Wenn Rudi nach einer Stunde Ball holen meint, jetzt ginge es erst richtig los, ich aber sage, dass er jetzt ein bisschen herumliegen müsse, dann wird es spannend. Denn wenn Rudi mit sich und seinen Spielsachen nichts anzufangen weiß, dann fängt er an, sich zu langweilen. Und ein gelangweilter Rudi tigert durch die Wohnung, den Kopf voll mit Ideen, die nur Ärger bringen. Mir. Ihm. Uns.

Wenn Rudi also durch die Wohnung streicht, als müsste er prüfen, ob alles an seinem Platz liegt, dann darf ich ihn nicht aus den Augen lassen. Denn bei seinen Kontrollgängen fällt ihm meistens ein, dass die Tageszeitung und die Fernbedienung für den Fernseher am falschen Platz liegen. Zeitung und Fernbedienung gehören in Rudis Welt nicht auf den Couchtisch. Sondern in den Garten! Und wer muss die Ordnung wiederherstellen? Wer muss, nachdem er schon eine Stunde den Ball apportieren musste, die Zeitung und die Fernbedienung dahin bringen, wo sie hingehören? Natürlich er, der Rudi!

Das müssen die Gedanken sein, die dem gelangweilten Rudi durch den Kopf gehen, während er lautlos durch die Wohnung schleicht. Normalerweise klackern Rudis Krallen auf dem Holzboden. Bei seinen Kontrollgängen aber ist kein Klack zu hören. Als würde er Socken tragen. Kann ein Hund seine Krallen einziehen? Hunde wohl nicht, aber Rudi ist ja kein Hund, sondern ein verkleideter Mensch.

Wie auch immer. Ich könnte jetzt stundenlang über Hundepfoten nachdenken, über die dick verhornten Ballen, die eine Pfote unempfindlich gegen harte, steinige Untergründe machen.

Kälte, Wind und Nässe haben keine Chance, durch die Pfotenballen zu kriechen. Und sie machen Rudi zum lautlosen Jäger, der die Zeitung vorsichtig vom Couchtisch klaubt. Rudi hat nicht nur Samtpfoten, er hat auch irre viel Fingerspitzengefühl in seiner Hundeschnauze. Hat er also die Zeitung ohne Rascheln vom Tisch genommen, geht er ganz langsam rückwärts und dann auf Zehenspitzen Richtung Terrassentür. So vorsichtig, als würde er flüssigen Sprengstoff auf einem Esslöffel transportieren.

Das ist immer wieder faszinierend zu beobachten. Und da ich die Zeitung meistens schon gelesen habe, lasse ich ihn mit seiner Beute in den Garten verschwinden. Bei der Fernbedienung, die er kürzlich mal wieder verschleppen wollte, konnte ich allerdings kein Auge zudrücken.

Berlins schlimmster Stofftierkiller

Rudi ist nicht so der Schmuser. Wenn er sich kraulen lässt, dann nur, um mir einen Gefallen zu tun. So jedenfalls kommt es mir vor. Was sonst soll ich denken, wenn er nach gefühlten fünfundvierzig Sekunden von mir abrückt. Um sich durchzuschütteln, in einer Art Welle, vom Kopf bis zum Schwanz. Im Internet kursieren Milliarden Videos von sich schüttelnden Hunden. Wir Menschen schütteln uns ja manchmal, weil etwas besonders sauer oder eklig ist. Gern auch nach einem Schnaps. Schüttelt sich Rudi also, weil er sich vor meinen Berührungen ekelt?

Nein, wenn ich das Internet richtig verstanden habe, schüttelt sich Rudi, um seine Frisur zu richten. Oder zum Stressabbau. Gestreichelt werden stresst meinen hübschen, schlauen, humorvollen Kumpel also. Kann ich verstehen, finde ich gut. Ich werde auch nicht gern angefasst. Statt mich zu umarmen, sollte man mir lieber, sagen wir, fünf Euro geben. Wie einem Kellner, der einen freundlich und unaufdringlich bedient hat. Trinkgeld ist wie eine Umarmung ohne diesen nervigen Körperkontakt. Ich bin ein komischer Kauz, ich weiß. Und deshalb kann ich Rudis Streichel-Abneigung gut verstehen. Er ist ja deswegen kein unsensibler Klotz.

Was ich ihm allerdings ein wenig übel nehme: Er killt Stofftiere! Innerhalb von Minuten macht er diese niedlichen Dinger klein. Vielleicht bin ich ja nicht nur ein komischer Kauz, sondern auch ein Weichei, aber ich könnte einem Teddybären nicht mal aus Spaß eine Kopfnuss geben. Ich bin sicher, dass Stofftiere eine Seele haben. Deshalb habe ich die Schmusetiere meiner Töchter ab und zu ans Fenster gesetzt, damit die kleinen Wesen mal was anderes sehen als immer nur die Wände des Kinderzimmers. Und wissen Sie was: Ich würde es heute wieder tun.

Rudi hingegen sieht in einem Stofftier keinen Freund, der ihm durch die Einsamkeit der Nacht hilft, mit dem er zusammengekuschelt einschlafen kann, sobald ich mich in mein Bett verabschiede. Nein, für Rudi ist jedes Kuscheltier eine Beute, die erlegt werden muss. Ein Häschen ohne Schlappohren ist so brutal traurig anzugucken. Was soll ich machen? Offensichtlich braucht Rudi nachts niemanden zum Kuscheln. Ist ihm nach Nähe, kommt er ins Schlafzimmer und legt sich neben mein Bett. Und wenn ihn dann meine Hand im Dunkeln sucht und findet, lässt er sich sogar kurz kraulen.

Rudi, der Restauranthund

Rudi ist kein Wachhund und auch kein Jagdhund. Für die Ferientage auf Sylt wird er zum Seehund. Und wenn eine hübsche Dame seinen Weg kreuzt, wird er zum Hot Dog. Was Rudi aber immer ist: ein Restauranthund. Hat er das von seiner Mutter, der Cockerdame? Oder von seinem Vater, dem Pudel? Macht's die Mischung aus? Keine Ahnung. Ist auch egal. Rudi ist ein Restauranthund, das zählt.

Womit ich schon gleich zum Ende unseres Restaurantbesuchs komme: Kaum habe ich »zahlen, bitte« gesagt, kommt Rudi unterm Tisch hervor. Das ist dann der Moment, der Kellner staunen lässt. »Ja, wen haben wir denn da? Ja, wer bist du denn, dich habe ich ja noch gar nicht gesehen.« Ich mache den Kellner mit Rudi bekannt. Rudi ist mäßig interessiert. Der Kellner soll sein Geld nehmen und verschwinden. Die Worte »zahlen, bitte« klingen in Rudis Schlappohren wie ein Startschuss. Und dann will er los. Sofort! Meinen Hinweis, dass ich noch austrinken möchte, quittiert er mit Unverständnis. Hätte ich mehr als ein Bier getrunken, würde ich glauben, dass Rudi tatsächlich genervt mit dem Kopf schüttelt. Aber es sieht nur so aus. Er streckt sich und legt sich wieder hin. Diesmal aber nicht unter den Tisch, sondern auf den Gang. Damit will er mir sagen: »An deiner Stelle würde ich austrinken, bevor ein Kellner über deinen Hund stolpert.« Also verlassen wir das Restaurant.

Jetzt könnte man einwenden, Restaurants sind eher stille Orte, da ist es nichts Besonderes für einen Hund, sich mal zusammenzunehmen und nicht zu stören. Aber Rudi bleibt auch in Wirtshäusern unsichtbar, sogar in denen, wo Kellner Tabletts mit dampfenden Schweinebraten und Bratwürsten schleppen. Und dazu eine Blaskapelle spielt. Wie es in Bayern gern Brauch ist, zum Beispiel in Herrsching am Ammersee. Entweder machen wir Ferien auf Sylt oder in Herrsching am Ammersee. Wasser mit und ohne Berge. Mehr Ferne haben wir noch nicht gesehen. Ob wir das bereuen oder bedauern? Ach was. Der große Philosoph Immanuel Kant hat seine Heimatstadt Königsberg nie verlassen, und Engstirnigkeit kann man ihm wohl nicht vorwerfen. Die wahren Abenteuer sind im Kopf, und sind sie nicht im Kopf, dann sind sie nirgendwo.

So schön kann die ferne Fremde nicht sein, dass ich Rudi dafür stundenlang in eine Kiste in einem kalten Frachtraum stecke.

Die bessere Hälfte des Menschen

Hunde sind wie kleine Kinder, sie müssen gefüttert werden, sie müssen gepflegt werden, bei der Erziehung brauchen sie weiche Hände, aber auch solche, die durchgreifen können. Hunde brauchen Bewegung so dringend wie Ruhepausen, die sie allerdings nicht von selbst einlegen, sondern auf die der Mensch achten muss, ansonsten würden sie herumtollen und jagen, bis sie vor Erschöpfung tot umfallen. Kurz: Hunde brauchen eine Rundumbetreuung; und zwar ihr Leben lang. Das unterscheidet Hunde von Kindern, die ja irgendwann das Elternhaus verlassen (wer Kinder im auszugsfähigen Alter hat, dem wird schon beim Gedanken daran ganz anders). Sind die Kinder aus dem Haus, fängt für die Eltern ein neues Leben an? Stimmt. Zieht das Kind aus, beginnt die Zeit des Wartens auf einen Anruf. Und kommt der Anruf zu einer Zeit, in der sie sich sonst nie melden, schlägt das Herz nicht höher, sondern schießt durch die Schädeldecke. Eltern, die so empfinden, sind nicht die Ausnahme, sondern die Regel.

Hunde sind wie Kinder, die nie erwachsen werden. Und deshalb nie ausziehen werden. Hurra!

Rudi gehört jetzt seit bald fünf Jahren zur Familie. Ein Cockerpoo wie er hat eine Lebenserwartung von um die fünfzehn Jahre. Ich habe also noch zehn Jahre Füttern, Bürsten, Streicheln und Gassigehen vor mir. Vielleicht könnte ich ohne morgendliche Dusche leben. Aber ein Leben ohne Rudi? Unvorstellbar. Und eigentlich denke ich nur ganz selten an ein Leben ohne Rudi. Zum Beispiel, wenn ich allein aus dem Haus gehe. Dann vermisse ich schon im Aufzug sein Schnüffelgeräusch und höre mich innerlich sagen: »Na, wieder interessante Gerüche? Ist für dich wie Zeitung lesen für mich, nicht wahr?« Rudi schaut dann normalerweise kurz zu mir hoch, er weiß nicht, was ich gesagt habe, doch wie ich es gesagt habe, scheint ihm das Gefühl zu geben, dass ich sein Freund bin und die Welt in Ordnung ist. Ein Gefühl des hundertprozentigen Wohlbefindens macht sich dann im Aufzug breit. (Was mir mit Menschen im Aufzug leider nie passiert.)

Hunde sind wie Menschen, die nie stören. Und mit »nie« meine ich: nie! Wer so etwas sagt, gilt als Menschenfeind. Als jemand, der den Hund verherrlicht, weil er mit seinen Mitmenschen nicht klarkommt. Mag sein. Ist das traurig? Ehrlich gesagt: nein, nicht für mich. Und für meine Mitmenschen bin ich mit Rudi erträglicher als ohne Rudi.

Eine unliebsame Hunderasse

Sie werden von mir nie etwas Negatives über Schoßhunde hören; was auch? Wer so klein und schmächtig ist, darf nervös auf alles reagieren, was größer ist als ein Hamster. Okay, die Besitzer von Schoßhunden empfinde ich manchmal als schwierig. Aber schwierig bin ich auch ohne Schoßhund. Was soll's, ich mag so ziemlich jede Hunderasse. Eine kann ich allerdings überhaupt nicht leiden. Und ich bin sicher, es gibt keinen Hundefreund, der diese Rasse mag.

Der Hund, den ich meine, knurrt, wenn ich etwas für meine Kondition tun will und ausnahmsweise die Treppe statt den Aufzug nehmen möchte. Schlummern ist die Lieblingsbeschäftigung dieses Hundes. Sobald ich aber etwas tun muss, was ich schon lange hätte tun sollen, kläfft dieser Hund los. Er springt auf mich drauf, wenn ich mich aufraffe, um zum Beispiel Belege für meine Steuererklärung zu ordnen. Er stellt sich mir in den Weg, wenn ich Schuhe putzen will. Dieser Hund findet es überflüssig, ein Buch zu lesen. Faul vor dem Fernseher herumzuliegen findet dieser Hund viel entspannender. Und wenn ich für Rudi mal eine Dose aufmache, weil ich vergessen habe, sein frisches Fressen einzukaufen, dann will mich dieser Hund davon abhalten, die Dose sachgerecht zu entsorgen. Mülltrennung hält dieser Hund für eine Erfindung grüner Hippies, die nichts bringt. Ich kenne diesen Hund schon länger, als ich Rudi kenne, man kann sagen: ein Leben lang. Und ich wette einen hohen Geldbetrag, dass auch Sie diesen Hund kennen. Dass dieser Hund auch Ihr ältestes Haustier ist. Ich meine: den inneren Schweinehund.

Wie ich ausgerechnet jetzt auf den inneren Schweinehund

komme? Nun, liebe Hundefreunde, schauen Sie mal aus dem Fenster. Es ist Herbst! Alles spricht für heißen Tee und Kerzenlicht. Gäbe es den Herbst nicht, gäbe es weniger Ohrensessel auf der Welt. Und selbst wer keinen Ohrensessel hat, bleibt lieber zu Hause hocken, als mit dem Hund vor die Tür zu gehen. »Rudi ist zu schwarz und draußen ist es zu dunkel«, sagt mein innerer Schweinehund, »da kannst du ihn kaum erkennen, das ist zu gefährlich, also geh nicht mit ihm vor die Tür, schick ihn in den Garten, da kann er machen, was er machen muss!«

Da muss sich mein innerer Schweinehund schon etwas Besseres einfallen lassen. Denn der Herbst ist nicht nur die Jahreszeit des Kerzenlichts. Sondern auch der Leuchthalsbänder. Ihr bester Freund hat auch eins, oder?